火花

鮮于煇翻訳集

鮮于煇 著
猪飼野で鮮于煇作品を読む会 訳

目次

時代背景

一八〇〇年代後半、李氏朝鮮は帝国列強の圧迫に抗し、国政の改革・近代化を目指す。断髪令（一八九五）はこの一環であったが、民衆は日本の介入と受けとり反発し抵抗する。日清戦争（一八九四）で宗主国「清」が日本に敗れたことから、国号を大韓帝国と改め（一八九七）、自主独立の国家として再起を図る。しかし時すでに遅く、朝鮮半島の支配をもくろむ日本は、日韓併合条約（一九一〇）を締結させ、以後日本の支配下に置かれる。支配に反対する声は三・一独立運動（一九一九）へと発展するが、過酷な弾圧の下に鎮圧される。その後、各地で独立運動が一層激化する。植民地支配を強める日本は、創氏改名（一九三九）を強要し、総力戦の下に朝鮮人を強制連行して、兵士として太平洋戦争にまで動員するに至る。

日本の敗戦（一九四五）により光復（解放）を迎えたのもつかの間、戦後の米・ソの対立、いわゆる冷戦により、朝鮮半島は分断され、二つの国家が樹立（一九四八）される。はからずも概ね日本軍（「朝鮮軍」と「関東軍」）の守備範囲が、米・ソの対日作戦範囲（三十八度線以南は米国、以北はソ連）となり、三十八度線が南北分断を画する刃となって固定される。さらに冷戦は、同族相食む朝鮮戦争（一九五〇）を勃発させ、朝鮮半島を惨禍の渦と化し、南北間に深い亀裂を生じさせた。

作品関連地図

1900～1950年当時
日本側作成の地図による
（地図制作：湖城強）

胡蝶の夢

作品メモ

胡蝶の夢〈注1〉とは荘子の言とされる錯覚のユートピアのことだ。そうした境地に達するのは至難の業である。とは言え、そこに到達とまではいかなくとも、人々から忘れ去られたらなあなどと思い、実際にそのような錯覚に身を任すことはできる。それが不幸なことか幸福なことかは人によって意見が異なるだろうが、そうした錯覚の誘惑にかられたことがないような人とは、同席しても面白くもなにもない。

私が目を瞑《つむ》る癖を身につけたのはいつの頃からだろうか。

幼い頃にこんなことがあった。六歳を迎えた年の早春のことである。どうしてそれが早春だったかを記憶しているのかと言えば、私はその時、地べたに座り込んで何気なく名も知らぬ雑草の新芽を見ていたからである。ぎゅっと目を瞑ってしまったのは、ほんの一、二秒のことにすぎなかった。

私は五歳の頃から隣村の書堂に通わされており、一年も経たないうちに、『千字』と『二千字』の二巻を終え、さらには『明心宝鑑』を習うまでになっていたのだが、実は書堂通いが死ぬほど嫌だった。

しかし、書堂の御師匠の鞭が怖く、父の目つきが恐ろしかった。今から思い返してみると、父は幼い私に殆ど溺愛に近い愛情を注いでくださっていたが、一年に一、二度は、全くの別人に変貌してしまうことがあった。

何故そんなことになったのか今となっては確と推し量ることなどできないが、私の行儀が悪かったり、読み書きの勉強をまともにしなかったりした場合ではなかったかと思う。ところである日のこと、私は一種の反乱を起した。何が直接の動機だったか、書堂に行かないと駄々をこねたのである。母はそんな私を宥《いさ》めたが、懇《ねんご》ろな言葉で諭されれば諭されるほど、私は依怙地に駄々をこねた。

父は母と私のそんな些細な押し問答を、居間で黙って聞いておられたが、ついにはおもむろに腰を上げ、納戸から鞭を取りだすや、矢のように走ってきて私に激しい鞭を下ろした。稲妻のように走ってきた父に情容赦なく鞭打たれるという成り行きに、私はすっかり失神せんばかりで、ろくに息をすることもできなかった。

〈注1〉 自分と物の区別がつかない物我一体の境地、または現実と夢とが区別できないことのたとえ。(大辞泉)

そんな私を見て不憫に思われたのか、母は父と私の間に体を投げるように割って入り、私の名前を呼びながら、さっさとお逃げと声を上げられた。その隙に乗じて、私は素早く逃れ出て、庭を突っ切って厩《うまや》の裏に行くや、巻いて立てかけてあった筵《むしろ》の陰に入り、身をすくめて息を潜めた。

父は声を張りあげながら、垣根のない家の周囲を行ったり来たりを繰り返し、裏の厠《かわや》にまで入って行かれる気配だった。薄暗い厩にまで入ってみたり、刈ったススキが山と積まれているのを鞭で突付いたりもしている気配だった。

筵の陰に隠れていた私は、ついには父に見つかってしまった。近づいてくる父の両足が私の目に入ったと思った時にはすでに、筵は剥がされてしまっていた。

そんなわけだから、地べたに座っていた私は、すっかり父の前に放り出されてしまった。その時ほど父が夜叉のように大きく見えたことはなかった。あたかも巨岩がそびえ立っているかのようだった。否、巨岩が一気に私を丸ごと取り押さえてしまうかのようだった。

すっかり息を詰まらせた私は、懸命にあがきながら、塞がった胸に穴をあけようとするかのように、声を上げた。

「僕はいないよ、いないよ僕は！」

そして両目をぎゅっと堅く瞑ってしまったのだった。

「何だと？」

痛い鞭の代りに、そのように尋ねる父の声が聞こえた。

「僕はいないいよ、僕はいないいんだってば」

「こいつ何だと？　お前はいないいだと？」

そんな父の言葉に続いたのは、雷のような高笑いだった。

「何だとこいつは、言うにこと欠いて、はっはっは」

あっけにとられ、呆れ果てて笑うほかないという様子だった。そんな父の笑い声が足音と共に遠ざかっていった。

しばらくして私は瞑っていた目を開いて立ち上がった。そんなことがあってからは、父はほろ酔い気分になると、たびたび私をからかった。

「さあ、インソク、目を瞑って、ほら、そしていなくなってごらん」

その度に私は顔を赤らめずにはおれなかった。翌年、私はあれほど嫌だった書堂をやめることになった。父が一年繰り上げて国民学校へ入れてくださったのである。あれは三年の時だっただろうか。担任の先生が病気で数日にわたってお休みになり、子供たちは静かに自習したり、他の先生が聞かせてくださる昔話を愉しむ機会に恵まれたのだが、ある先生などは、いろんなナゾナゾを聞かせてくださり、それでも時間が余ったせいで、六十余名の私たちを見て、

「先生は妖術ができるのだが」

と前置きして、

「ここで今すぐお前たちを消してみようか？」

と言って、にやっと笑みを浮かべられた。するとみんなは手をたたき、足を踏みならして、「はーい、さっさと、お願いします」と騒ぎ立てた。

私も拍手に同調してはみたものの、少々気がかりだった。本当に先生が妖術を操って、姿を消してしまえばどうなるか心配だったのである。すると先生はもっともらしく片手を上げて見せながら、

「さあ、もうすぐお前たちは消えてしまうぞ」

と言うや、エイッというかけ声にあわせて眼を瞑ってしまわれた。

「もうお前たちは消えてしまったぞ」

面食らった顔つきで、何かを待ち望んでいる私たち子供に向かって、先生が発したのは、ただその言葉だけであった。しかし、私たち子供にはすぐにはそれがどんな意味なのかを理解するすべがなかった。

ところが先生は、瞑っていた目をさっと開いて、

「どうだい、先生の妖術は？　なかなかのものだろう」

と言って、はっはっはと笑った。誰かが、

「何のことですか？　先生」

と尋ねると、先生は、

「わからないのか？　今しがた先生が披露した妖術が？」

と言ったが、みんなが怪訝な顔つきでいると、

「そんなこともわからないのか？　お前たちは頭が悪いなあ。今しがた先生がさっと目を瞑ったじゃないか？　そうだろ？　その瞬間にお前たちは消えてしまったじゃないか。そうじゃないか？」

と言うのだった。そしてようやくみんなは、

「へえ、先生もひどい、それが妖術だなんて？　でたらめですよ」

と、騒ぎ立てた。私も騙されたような気がして、みんなにあわせて騒ぎ立てはしたが、その先生のそうした冗談には、一笑に付すわけにはいかない何かが込められていたのだろうか。それ以降は見たくない人が眼に入ると、ぱちっと目を瞑ってしまい、「僕は消えてなくなった」と言っては、心中から完全にその人物をつまみ出し、一人で密かに快哉を叫ぶようになった。もちろん、それは取るに足らない悪戯《いたずら》に過ぎなかったが。

国民学校を卒業しソウルへ上ってきて中学校に通っていた頃、私は電車で通学の間に、しばしば目を瞑らねばならなかった。せっかく隙間に席を得ても、お年寄りが前に現れたら席を譲らねばならない。私はそれが嫌で、席に座りさえしたら、ぎゅっと両目を閉じてしまうのだった。そして心中で「僕は消えてしまったんだ、そしてみんな消えてしまったんだ」とぶつぶつ呟くのだった。そうでもしないと、私の真ん前にどこかの老人が頑と立ち続けているかのように感じられて、心穏やかではおれなかったからである。

そのように呟いていれば、そんな圧迫を感じないでおれた。

ところがある時のこと、席を得て腰を下ろし、素早く呪文のように「僕はいないんだ、そして誰もいないんだ」と心中で呟いていたところ、

「おい！」

という声がまさに天頂から落ちてきたかと思うと、

「学生よ、立てと言うのに！」

と、威厳のある声が続いた。私はひやっとしたが、それでも目を開けないで「僕はいないんだ、誰もいないんだ」と呟き続けていたところ、誰かがむんずと私の肩を掴んだ。私は思わず体をのけぞらすほどに驚いて、恐る恐る目を開いた。三十歳がらみの大人が私を睨みつけていた。

「立てと言うのに」

その人は私の肩を掴んで引きずり立たせ、横にいた七十歳は越えていそうな白髪頭の老婆に

「おばあさん、お座りください」

と声をかけた。私の顔はかっと火照り、目を開いてはいても何一つ見えなかった。電車に乗りあわせていた一同が私をじろじろ見てあざ笑っていることだけが明らかだった。そして私は次の駅でほうほうの体で下車してしまったのだった。

私が目を瞑ったとしても他人が私を見ないはずもなく、私が見ないからと言って他人が消えてしまうはずもなかった。もちろんそれは他愛ない錯覚にすぎなかった。しかし、そ

れでも懲りずに、私は時折そうした錯覚にとらわれてみたいという衝動にかられる時があった。何か失敗をして、先生や父のお目玉をくらいそうな羽目ともなれば、冷たい目で私を睨みつける先生や父の顔をまっすぐに見返せるわけもなかった。そんな時ともなれば、私はうなだれて目を瞑らずにはおれなかった。そして今自分の前に先生がいなければ、自分の前に父がいなければと呟いたり、あるいはその逆に、私が雲隠れでもしたかのように、ここから一気に消えてなくなればと願ったりしたものだった。それがいかに切実であれ、そんな望みなど叶うはずもなかった。

実際に例がないどころか、原理的にありうるはずもなかった。ところが、私はある時、例外を発見した。それは二十代になって、自ら経験したことだった。

六・二五動乱〈注2〉の頃、私は地方のとある鄙《ひな》びた村に避難していた。その年の九月のことだったと記憶している。ある日私は食べものにありつこうと出かけたのだがその折りに、小さな丘を越えた所で、向こうから駆け足で行軍してきた人民軍の部隊と鉢合せしてしまった。すっかり狼狽《うろた》えて、踵《きびす》を返して逃げだそうとしたがそんな暇もなかった。とっさに、もう死ぬんだ、と観念した。終りだ！　心の中でそのように思わず口走った私は、それと意識しないままに、さっと両目を瞑って、草むらにへなへなと座り込んでしまった。そして、これが夢であったら、どうか夢であってくれ、などとくどくどと呟いた。きっとこれは夢だ、夢であれば、夢であったら、夢に違いない……すると私の両耳に、鼓膜をつんざく喧《けたた》ましい銃声が天地を揺さぶるように聞こえた。ああ、これで死んでしまうんだなあ、と私はやはり目を瞑ったまま草むらに座り込んでいたが、とても生きた心地がしなかった。

銃声は止みそうになかった。天地が竜巻に巻き込まれ、めちゃくちゃになって、その中に私の全身が落ち葉のように吹い込まれて、なすがままに翻弄されているように感じられた。

いつの間にか、私は呪文を諳《そら》んじるかのように呟いていた。

「私はいないんだ、私の前には誰もいないんだ……」

どれほどの時間が経ったのだろうか、あれほどけたたましかった銃声が嘘のように止んでしまっていることに気づいた。草むらの中でそおっと頭をもたげ、周りを見渡した。すると私にはわけがわからなくなった。どうしてこんなことが。私の眼前に猛然と押し

〈注2〉　朝鮮戦争

寄せていたあの数知れぬ人民軍はどこに行ってしまったのか、その影さえも見えなかったのである。あの連中はどこへ行ってしまったというのか。

私は草むらから体を起し、周囲を繰り返し見渡した。

私の周囲に彼らはいなかった。私が目をぎゅっと瞑ったあの瞬間に、彼らはどこかへ消えてしまったとでもいうのだろうか。

果して、彼らは私の前に現れたのだろうか。果して、私が彼らに出くわしたというのは。いいや、間違いなく彼らは私の前に現れたし、私は彼らに出くわしたのだった。だからこそ私は目を瞑った。その一瞬に彼らは私の前から消えてしまった。そこで、彼らは私にはいないも同然、私もまた彼らにはいないも同然になった。そのようにしか解釈できなかった。目を瞑る妖術がもたらす例外を信じないではいられなかった。信じて何が悪かろう、信じられさえしたら、あの妖術を信じることはどれほどいいことだろうか、というわけである。

一体全体、彼らは私にとって何だったのだろう。

その後、私は一・四後退〈注3〉に伴い、釜山へ下り、そこで軍隊に入る羽目になった。

最初は徴集を避けて、あちこちの家を転々とし、道を歩いていてもしっかりと警戒を怠らず、警官や刑事らしい人物が目にはいると、路地に身を潜めるなど神経を使い、目を瞑る妖術の効験を試す機会を持たなかった。

ところがついに、その技を試さざるを得ない羽目に陥った。その日は覚悟を決めて路地から出たところで、制服警官と出くわしてしまった。今から考えてみれば、何気なく通り過ぎておれば何でもなかったのだろうが、私は警察官と出くわすや否や、ぎゅっと目を瞑ってしまったのである。

ところがそのように目を瞑っても、警察官はかつて出くわした人民軍のように、音響もろともに消えてしまいはしなかった。彼は自分と出くわすや、私が立ちつくしたまま、ぎゅっと両目を瞑ってしまったことを不思議に思ったのか、そのまま通り過ぎないで、

「おい、そこの若いの」

と呼んだ。それでも私が目を開けないので、もう一度
「若いの」

〈注3〉 一九五〇年六月二十五日未明、朝鮮人民軍が一斉に攻撃を開始。韓国軍はソウルを捨てて八月初めには釜山辺りまで後退したが、国連軍の仁川上陸作戦（九月十五日）によって、ソウルを奪還（九月二十八日）し、さらに三十八度線を突破し鴨緑江辺りにまで迫った。

と声を高めた。私は仕方なく目を開けた。摩訶不思議といわんばかりの表情を浮べた警察官の顔が目の前にあった。

「目に何か入りでも？」

「はい」

私はしばしば目を瞑りはするものの、嘘はつけない性分だった。むしろ、嘘をつけない性分だからこそ、目を瞑る癖が身についたのだろう。

「一体どうして私を見てぎゅっと目を瞑ったんだ？」

警察官にそのように攻め立てられて、私はついうっかりと、

「いなくなってしまったらと思って」

と答えてしまった。すると警察官は眉を顰《ひそ》めて、

「なんだと？　私がいなくなればだと？」

と畳みかけた。たちまち慌てふためいた私は、

「違います。私のことです。私がいなくなってしまえば、と思って」

と答えた。

警察官はふーんと喉を鳴らし、私の全身をなめるように見て、

「いい若い者が、いなくなってしまえばなどと考えるわけは何だ？」と追い討ちをかけた。しかし今度は私には答えようがなかった。

結局、私は派出所まで引っ張られていき、そこから何ヶ所か転々として、ついには入営する羽目になった。

軍隊に入って除隊するまでの三年あまりの間、私は何百回、目を瞑ったかしれない。そして「私はいないんだ。私の前には誰もいないんだ」と心の中で呟いたことかしれない。ただそのように私が呪文を唱える場面はそれまでとは違った。人と対面して気詰まりだからそのように呟くのではなく、例えば、上司から鞭で打たれたりした場合、何よりもその恥辱と痛みからしばらくでも抜け出そうとして、「私はいない、いないいんだ」などと呟くのだった。

殴られて、恥しく痛いのは私ではなく他の誰かさんなのであって、それ故に、私というのは、恥しくもなければ痛くもない私なのだ。そういう私というのは、今罰をうけている私ではないのだから、ここで殴られているはずもない。私とは、殴られるはずもない所、誰も犯すことのできない所にいて、世間を超越した私なのだ、と。だから、「私はいないのだ」というわけであった。

ところが不思議なことに、そのように呪文を唱えると、痛みが少しは和らぐような気がするのだった。

除隊後、友人や後輩に会うと、男なら一度は軍隊に入ってみなければなどと、私は入隊を勧めるようになった。軍隊に入って、自分がないものと完全な自己否定をしてみることは、この世界を気楽に生きる知恵と力を得る近道だと諭《さと》してあげた。

しかし彼らは、そんな台詞《せりふ》をうそぶく私をあざ笑った。そんなとんでもない話はほどほどにしておけ、というわけだった。そして彼らは目を閉じる妖術などに頼らず、徴集を避けて、誰にも後れを取らないように急いで社会に進出する妖術を弄するのだった。

彼らはいつだってしっかり目を開いて、絶え間なく目端《めはし》を利かすべきだと、逆に私をたしなめるのだった。出来ようものなら夜だって目を閉じないで寝るべきだ、と言うのだった。生き馬の目を抜くほどのこの世の中では、目を瞑ればかえって、知らない内に、肝臓や心臓を刳《えぐ》りぬかれ、食べられてしまう。風が吹いて埃が乱舞しても、目瞬きもしてはならない。そして、埃のほうが怖がってくれるかもしれないと、サングラスをかけるように勧めるのだった。サングラスの効能は、こちらではっきりと相手の目つきを捉えることができるのに、こちらの目つきは全く気取られない点にある、と。

しかし、私はサングラスをかけなかった。サングラスをかければ、更に一層、衆目を集めやしないかと慮《おもんばか》ってのことだった。

その代りというわけで、私は目を瞑り、「私はいないんだ」という呪文でこの世を身軽に生き延びていく自信を身につけていた。

私が他人の視線や歓声を浴びることを生き甲斐に思っていたとすれば、私は全く生きる価値がなく、生きていく自信も保てない人間であったろう。ところが、私は他人様《ひとさま》が送ってくる視線と歓声を願うどころか、できようものなら他人様が私を見ないでいてくれることを願った。どうか他人様が私の前で目を瞑ってくれたらなあ、或いは、目を瞑らなくとも、私がまるでいないように振る舞ってくれればなあ……そういうことがいつのまにか私の生き甲斐となってしまっていた。

私は考えたものだ。誰もが互いに目を瞑りあえば、この世はどれほど生きやすいことだろう、と。尖った目で人を睨みつけなさんな、そして呟こうではないか、「私はいないんだ、お前さんもいないんだ」というわけである。

ところが私のこうした希求は、叶わぬ定めにあった。「私はいないんだ」と言いながらも、どこかの高い山の中にひとり分け入って獣たちと生きることなど叶わぬ以上、時折は自分のアジトから出て、町中を歩かねばならなかった。だから、事件はいつだって町中で生じた。

何歳になっても、目を剥《む》いて他人の目つきを見ることができず、そのせいもあって世の中の万事に疎い私は、ついつい迂闊《うかつ》にも町に出てしまうのだった。

街路の異常な雰囲気を悟るのは、事件の渦中に巻き込まれて後のことになるのだった。どうしてそうなったのか、俄《にわか》に私の周囲が慌ただしくなった。人々はこちらに集まるかと思えばあちらに集まり、あちこちで悲鳴と叫び声が聞こえてきた。

当惑した私は、私を押し踏みつけんばかりに色めき立って立ち去ろうとする人の袖をひっつかみ、「何か騒動でも？」と尋ねた。するとその人は私に袖を掴まれて、驚いた様子で、「デモだ」「デモ？」「こいつは、どこのどいつだ。デモも知らないとは？」と言って、私の手をさっと振り切って、目当ての場所を目指して突進していった。

引っ張られたかと思えば追いやられるということを繰り返しながら、私はそのまま人々が集まっているところへ付いていくしかなかった。

そうするうちに、棍棒を捧げた若い警官が目に入ったので、とっさに道端に跪《ひざまず》きながら、ゆっくりと目を瞑ってしまった。そして心の中で唱えた。

「私はいないんだ、いないよ。いないんだ。私の前には誰もいないんだ」

そのように唱えながらも、私は警察官が私に近づいてきて、棍棒で後頭部を打ち据えるか、首筋を捕まえて引き起こすか、それを今か今かと気をもみながら待った。

ところが、入り乱れて荒々しい靴音は、私が座り込んでいる前を掠《かす》めて行くだけだった。私は今度こそは妖術の奇跡的効験が現れたのだろうか、後で確認してみようと思いながら、そのまま呪文を唱え続けた。

どれくらい時間が経ったのだろうか。下半身が冷たくなっている感じがして、微かに目を開けてみた。

街路灯に照らされた静かな大通りが目に入った。先ほどあれほど人々が押し寄せ、わめき声が耳元に響いていたことがまるで嘘のように思えるほど、平和な夜の通りだった。

子供たちは肩を聳《そび》やかして何かぺちゃくちゃしゃべりながら、嬉々として歩んでいた。親しげな男女は手を握りあって道行きを愉しんでいた。彼らの顔つきには、暗くなる前にこの通りで起っていた騒乱の片鱗《へんりん》すら窺《うかが》えなかった。

私には全くわけがわからなかった。しかし、ともかくも久方ぶりに妖術の効験があったことが嬉しかった。

その上、その通りでは誰も、泥濘《でいねい》の中で座り込んでいる私に露ほどの関心も向けていないことが喜ばしかった。

私は「ひゅー」と安堵のため息をはき出して、地べたから起きあがろうとした。しかし、どれほど長時間座り込んでいたのか、足はすっかり痺《しび》れてしまって、全く動けなかった。手で股の付け根と脹《ふく》ら脛《はぎ》をつねってみても、他人の肉のように全く感覚がなかった。

そこで私は仕方なく、上体を前に傾け腰を上げて、四つんばいになった。そうすることで、痺れた足を解そうとしたのだった。

私は両腕をそろえて、頭をその間に押し込んだ。

すると次第に微妙な感触が両足に広がっていき、法悦を感じさえもした。

ところがその時、「チンチロリン」と音を立てて、私の前に、何か金属性の物が落ちて、アスファルトに弾けた。

その音を聞くや、私はふと顔を上げた。すると、これは何としたことか、それは一円硬貨ではないか。

「ああ」と私は小さく声を上げ、次いで、獣のようなうめき声を漏らした。

「これでも、こんなにまでしても、私は存在しないもののようには見てはもらえないんだ」

（訳　玄善允）

黙示

その時、私の年齢が十七だったか十八だったか、はっきりしない。勉強がいやになったので思想的に目覚めるようになったのか、思想的に目覚めたから勉強がいやになったのか、そのあたりの関係もさだかではない。たぶん前者だったというのが正直なところであろうが、いずれにせよ、その頃のいつか、私はテロを決心したことがあった。

どんな形のテロを考えていたのか、今となっては、はっきり思い出すこともできないが、とにかく〈ある人物〉をそのままにしてはおけないという衝動を覚え、その衝動を行動に移そうとしていたことだけは事実である。

その〈ある人物〉とは、春園《チュノン》李光洙《イ・クワアンス》〈注1〉である。多情多感な年頃で、彼の作品から並々ならぬ影響を受け、ひそかに尊敬してきただけに、その〈親日〉を説いた著書『同胞に寄す』は、若い私をして耐えられない嫌悪と怒りに駆り立てた。むろん、私に限らず当時の大多数の同胞が同じような反応を示したことであろう。だから、考えてみれば、私もそんな世論に同調した三千万分の一にすぎなかったわけである。

決心するにあたっては何日間か深刻に悩んだ。同郷である春園を誇りとし、自慢にさえしてきた私としては、このままがまんできるはずがなかった。ところが、十代の少年には並外れて強い自己顕示の稚気《ちき》というものがあった。直接、押しかけて行き、ののしるなり刃物でも振り回せばよかったものを、ある日、担任の先生を訪ねて、その〈所信〉なるものを打ち明けた。

私が通っていた学校は七割以上が日本人学生で、百名近い教師の中でいわゆる朝鮮人教師はわずか三、四人しかいなかったが、私の担任はその数少ない朝鮮人教師の一人だった。こうした事情は、われわれの師弟の間柄を他の学校の場合とはちょっと違ったものにしていた。

夕食を終えて応接室に現れた担任の韓服姿は、私に強烈な印象を与えた。私の興奮はいやが上にも高揚した。

私が滔々《とうとう》と（その実、訥々《とつとつ》としたものだったかもしれないが）披瀝《ひれき》する〈所信〉を聞き終えても、担任の表情には、これといった変化が表れなかった。私は思い切って吐き出した気勢をそがれたような気がして、一瞬物足りないものを感じた。加えて、紅茶を持って現れた夫人の洗練された美しさと物静かな態度に、自分のうわついた興奮がきまり悪く

〈注1〉（一八九二―一九五〇）小説家、啓蒙思想家。号は春園。平安北道定州出身。一九一七年、韓国最初の現代長編小説『無情』を発表し、新文学運動の先駆をなした。

なって、思わず顔を赤くしてしまった。うっかり口をつけた紅茶が熱くて、目に涙を浮かべるという醜態までさらしてしまうと、反発的に、どこまでも悠然としている担任が憎らしくさえ思われた。

しばらくして口を開いた担任は、あきれたことに、今度の日曜日に一緒に山に登らないかと言う。

「はあ、山にですか」

私はそう聞き返すしかなかった。

「登山だよ」

そう言って、担任は、

「浩然《こうぜん》の気を養うには、登山が一番だよ」

と、くわえたタバコを深く吸い込み、フウーッと紫煙を吐き出した。

私は肚の中で
「ちぇっ！　この臆病者が、はぐらかす気だな」

と舌打ちしたが、次の瞬間、

「そうか、山に行って、内密に何か話してくれようというのだな」

と思い直し、

「そうですね」

と答えてしまった。

時が時だけに、以心伝心の禅的解釈を下したわけである。

日曜日、担任は私を連れて道峯山《トボンサン》に登った。担任はまず、近頃どうして勉強をしないのだ、勉強などくだらないと思われるかもしれないが、そんなことはない、君ぐらいの年頃にはひたすら勉強しておかねばならない、将来何になり何をするにしても勉強だけはしておかねば駄目だ、〈学んでこそ生きられる、学ぶことは力〉という標語は、春園が作ったスローガンだが万古の真理だ、いま勉強しなければ将来きっと後悔する日が来るだろう云々、と陳腐な説教調の文句ばかり並べたあげく、

「今日、春園も一緒に山に登る予定だったが、来られなくなって残念だ」

と言ったので、私ははっと緊張した。

「どこか体の具合が悪いのですか」

歩みを止めてそうたずねると、担任はしばらく休んで行こうかと言って、近くの草むらに腰を下ろした。

「体の具合がひどく悪いらしい。あの人の持病である結核が、すでに深刻な状態になっているというわけだ」

それならなおのこと、じっと寝ていればいいのに。それが〈親日〉の弁明になるものか。私がそんな風に心の中で反発しているのを見通したように、

「だけど、春園がそのことで弱気になって、弱気になったから〈親日〉になったというのではないのだよ」

「それじゃあ？」

「彼は、それがこの民族を生かす道だと信じて、やっているのだ」

「そんなはずが！」

「とにかく、他の人のように、日本の官憲ににらまれるのがいやだから、仕方なく、ああしているのでないことだけは確かだ」

「〈親日〉がどうしてこの民族の生きる道になるのですか」

「当然の質問だね。私にもその理由はよくわからない。友人として理解しようと大いに努力もしてみたが、わかるようで、よく納得できない。しかし、他の人のように、獄苦や拷問が怖いからとか、世俗的な栄達のために〈親日〉の立場を取っているのでないことだ

けは確かだ。信念でやっているということだ。その点だけは認めてやりたい」

「そんな間違った信念でも信念といえるのですか」

「ちょっと待て。そんなに、しょっちゅう食ってかかるなよ」

担任は満足そうに笑いながら、手をあげて私の言葉をさえぎるふりをして、

「これはどこまでも私の想像だが、彼は贖罪《しょくざい》の羊の役割を自ら買って出たのではないかと思う。言ってみれば、どうせだれかが買って出なければならないのなら、自分が出るという……」

「だれかが出なければならないとは、何に出るというのですか」

「だから、内鮮一体（日韓一体）が民族の生きる道だという前提でだ。他の人たちがいやがることを、ののしられることを覚悟して、自分がむしろ悪役を引き受けるということじゃないか……」

「では、李完用《イ・クワンヨン》〈注2〉と変りないですね」


〈注2〉（一八五八―一九二六）朝鮮朝二十六代高宗の下で大臣であったが、一九〇五年乙巳条約の締結を支持し、率先して署名したことにより乙巳五賊臣の一人として指弾を受ける。

私がそう言うと、担任はただハハと笑った。そして、独り言のように言った。

「同類ということか。いや、こんな話を持ち出すのではなかったのだが」

その顔に一抹の後悔の色がよぎった。

それに気づくと、私も多少言葉が過ぎたという気がして、やはり独り言のように、「春園は、じっとしておればよかったのです。おとなしく身を伏せていれば」とつぶやいた。

「今になって、あんな風に豹変するなんて、ついて行った若い者たちはどうしろというのですか」

私の言葉尻は、自己憐憫《れんびん》の感情でいくらか震えていた。

「そりゃ、ついては行けないだろうね」

担任はまた独り言のようにつぶやいて、しばらく何か考えているようすだったが、語調を変えて、

「どうだ、まるっきり沈黙することになった人の話を聞いてみるか？」

「まるっきり沈黙して、ですか」

「そうだ、深い海底の貝のように、固く口を閉ざしてしまった人がいる」

「だれですか、それは」

「東京留学時代に春園とともに文学活動をはじめて、たいそう耽美《たんび》的な詩を書いた人だが、君、徐浪《ソナン》という詩人、知っているだろう?」

ああ、あの徐浪! 私は思わず声をあげた。次は、その時、担任が聞かせてくれた徐浪の話である。

徐氏はソウル生まれ。浪は筆名、春園と同い年だった。二人は、たがいに侮《あなど》ることのできない文友であったが、彼らの友情は、一人が主として詩を書き、もう一人が小説を書いていたために維持されてきたのかもしれない。もし二人が同じように詩を書き、あるいは小説を書いていたとすれば、二人のライバル意識は鋭い匕首《あいくち》となって、その友情をずたずたに引き裂いてしまったかもしれない。

春園は徐浪の詩にはかなわないと思い、徐浪は徐浪で自分はとうてい春園のような小説を書くことができないと思っていたようである。だが、徐浪はよく冗談めかして春園にこんなことを言った。

「僕は、小説などというつまらない散文は、絶対、書く気がないね。まかり間違って書いたとしても、君のように陳腐で重苦しい小説は書かないだろうな。とは言うものの、君の小説もそれなりに悪くはない」

そんな徐浪の対抗意識に対する春園の返事はこうだった。

「そうだろう。君のようにボキャブラリーをぜいたくに駆使する耽美主義者には、小説は書けないだろう。せいぜいコントぐらいか。それさえ、文章の密度が濃すぎて、料理の下手な飯炊き女がうっかり煮詰めてしまった肉のスープみたいになってしまうから、うまい味が出るわけはないだろう」

若い頃は一種のナルシシズムに陥っていた春園であるが、徐浪にだけは、一目《いちもく》も二目も置かねばならなかった。

第一、徐浪は容貌が端正で体つきが優雅だったので、その一挙手一投足がいつも美しかった。春園の目には三仏〈注3〉が宿っていると世間の人びとはいうが、それを除けば、自分にはこれといって徐浪にかなうものがないと思った。

第二は、彼の話しぶりだった。平安道《ピョンアンド》なまりがどうしても抜け切らない春園には、徐浪の標準語は一種の音楽のように思われた。絹のように滑らかなソウルアクセントに、ややもすれば欠点ともなりかねない、過度に女性的なイントネーションが彼にはなかった。徐浪が少しまとまった話をする時には、春園はじっと目を閉じて、その言葉の響きを味わうように聞くのが常だった。

加えて、春園がいつも不思議に思うことが一つあった。それは、徐浪がいつも討論や集会の中心にいながら、そしてその発言が常に重大な影響力を持ちながら、決して表面に現れず、ひそかに舞台裏にいるような印象を人に与えることだった。

いっしょに行動していても、表面にはいつのまにか春園が立っており、彼は常に一定の距離を置いた背後にとどまっていた。他の人はどう思ったか知らないが、春園には、そんなことが気にかかった。なぜか、そうした徐浪の印象自体が一個の絶妙な芸術のように感ぜられ、先天的に自分より洗練されたものを備えていると思われた。

春園を前に推し立て、自分は常に何歩か後に控えて少しも意に介さない徐浪を見るとき、所詮、自分は生来の田舎ソンビ〈注4〉に過ぎず、とうてい彼にはかなわないと脱帽せざるをえなかった。

徐浪は酒も嗜《たしな》み、遊びもよくした。それでいて遊びに淫《いん》することも酒に溺れることもな

〈注3〉　阿弥陀仏・観世音菩薩・大勢至菩薩
〈注4〉　学者

かった。酒を飲めない春園が、ある時、雰囲気に引きずられて飲みすぎたあげく意識を失ってしまい、徐浪に抱えられて下宿に戻ってきたことがあった。翌日訪ねて来た彼に、

「あの程度の酒で意識を失うとは恥ずかしい。君はあんなに飲んでも、いつもびくともしないが、さすがに真骨両班《ヤンバン》〈注5〉は違うなあ」

と嘆いたとき、徐浪は意外にも深刻な顔つきをして、こんなことを言った。

「いや。それが僕の欠点だ。いくら酔っても頭のどこか片隅だけがはっきりと醒めているのは寂しいものだ。一度めちゃめちゃに酔って自分を忘れてみたいが、それができない。君がうらやましいよ」

どんな場合にも心の一隅が冷やかに醒めていて自分自身をじっと見つめている、冷厳な理性というか、そういう性格を徐浪は自分の不幸と見なしていたようだ。

そんな彼の卓越した、いま一つの能力は、状況を鋭利に分析し正確に評価するところに現れた。

三・一独立運動〈注6〉が起こるや、すぐにもソウルへ帰ろうとする学友たちを引き止めたのは、他ならぬ徐浪だった。

彼は一九二〇年の時点で民族の独立を勝ち取ることは絶対に不可能だと力説した。国際

的な力関係が、日本からの離脱を許さないというのである。血気にはやる学友の一人が、民族の独立は〈与えられるものではなく、戦い取るものだ〉と強弁したとき、彼はその端正な顔に冷気すら漂わせて、

「日本はいま昇り坂だ。国際的な株価も上昇の一途だということだ。清国と帝政ロシアに勝った彼らの銃剣に素手で対抗するとしたら、結果はわかりきっている」

と言い切った。

春園が上海に亡命〈注7〉したとき、徐浪はあえて止めはしなかったが、こう忠告した。

「上海へ行くのもロマンならいざ知らず、独立を手にすることができるだろうなどとは思うな」

春園が上海から戻ってきたとき、徐浪はこう言って励ました。

「ようやく魚が水を得たのだよ。思い切り書きたまえ」

〈注5〉 王家の血を引く本物の両班。

〈注6〉 一九一九年三月一日、孫秉煕ら三十三人の主導者がソウルで独立宣言書を朗読し日本からの解放を叫ぶや、これに呼応して各地で一斉に立ち上がった民族独立の運動。

〈注7〉 三・一独立運動後、上海に亡命した独立運動家たちによって、大韓民国臨時政府樹立が宣言された。

その後、春園が次々と小説を書いて洛陽の紙価を高からしめた背後に、徐浪の適切な忠告があったことはいうまでもない。その頃、徐浪が詩を書いていたのか、書きはしても発表はしなかったのか明らかでない。一つ、はっきりしていることは、彼が春園と一緒にときどき講演会に出かけて、その流暢な話し方で聴衆の多数から喝采を浴び、その耽美的な芸術論で限られた少数の者に深い感銘を与えたという事実である。

徐浪の夫人は、春園が象徴的な〈朝鮮の乙女〉と感嘆したほど、美しくて貞淑な女性だった。『無情』を書いたとき、春園は徐浪夫人を脳裏に置いて女主人公ヨンチェを描いたとも伝えられている。

春園は、一緒に上海へ行こうと誘ったとき徐浪が行かなかったのは、彼が情勢を判断した結果、亡命によって独立を得ることはできないという結論に達したからというより、あのように美しい夫人の傍をどうしても離れられなかったからではないかと思ったこともある。

ある時、アメリカ人宣教師を招待した晩餐の席に、徐浪夫婦を招いたことがあった。あとで、その宣教師から、自分は朝鮮人が美しい民族であるということを「あなたの友人のミスター徐夫妻に会って、いっそう確信することができた」という述懐を聞かされた。

それが晩餐に対する謝意に添えられた社交辞令の言葉とばかりには思えなかった。

徐浪の妻に対する愛はほとんど没頭というに近かった。

徐浪《ソナン》と春園《チュノン》の友情は、日本の官憲が著名な朝鮮人たちに戦争への協力を強要するようになって、春園も次第に協力する側へ傾くようになってからも、変ることなく続いた。

まだそれほど露骨な戦争協力のための時局講演ではなかったが、むろん、その前哨的な性格をすでに帯びていた文学講演に、徐浪はためらうようすもなく春園とともに出席した。

現在の国会議事堂〈注8〉、当時の府民館で開かれた文学講演会は、聴衆のほとんどが学生だったが、まず先に徐浪が、次に春園という順番で講演することになった。

その日の徐浪の態度には何も変ったところは見られなかった。その端正な姿が壇上に現れたとき、聴衆は静かな拍手を送った。卓上の水差からコップに水をそそぎ、一口のどを湿らせた彼の口から、春園が音楽だという美しい言葉が絹の肌理《きめ》のように流れ出た。ところが突然、異変が生じた。

〈注8〉 現在、国会議事堂は一九七五年九月に新しく竣工されて汝矣島（ヨイド）に移転した。

一分ほど過ぎた頃、それまでの流れるような話が、ぴたっと途切れた。はじめ聴衆はそれを特に変だと思わなかった。徐浪があわてて卓上のコップに手を伸ばし、残った水を一気に飲み干すのを見て、何人かが忍び笑いを洩らしたにすぎない。だが、水を飲み終えても言葉は出てこない。前列の聴衆は彼の顔が突然真っ青になるのを見た。彼は片手を口へ持ってゆき、何度もこすったかと思うと手を離し、もう一方の手でのどを掴んでかきむしった。聴衆はようやく、何か異変が生じたことを知った。

徐浪は両手で口を覆うと、指の間からお、お、お、お……と、獣のような声をしぼり出した。

何人かの聴衆が何事かと中腰になって席から立ち上がった。壇上の司会者も立ち上がった。すると、徐浪は両手で口を押さえたまま足早に壇上を横切って、あっと言う間に舞台から姿を消してしまった。聴衆の高まる声を背後に残して、徐浪の後を追いかけて行った司会者が、あわてて舞台に戻ってくると、うわずった声で、「徐浪先生が突然のどから血を吐かれた」と告げ、聴衆に落ち着くよう頼んだ。

壇上壇下を問わず、それほど騒然とした光景の中で、ひときわ目立っていたのは春園の態度だった。彼は終始、両手を膝の上に置いたまま目を伏せて、身動きもせず座っていた。司会者のあわただしい紹介が終ると、春園は黙って立ち上がり演壇の前に進み、静かに口を開くと文学について整然と語りはじめた。講演の終りになって、春園は依然として落ち着いた語調で、日本と朝鮮の文化が一つの根から出たものであると主張した。これというほどの反発はなかったが、時が時だけに聴衆の多くに何か不安な予感を与えた。

その日を契機に、春園は公然と〈親日〉を口にするようになった。一方、徐浪はのどから血を吐いたのではなく、とつぜん唖者になったのだといううわさが広がりはじめた。

初めのうちは、いったい、そんなことがあるものだろうかと驚きながらも、とつぜん唖者になった徐浪を同情するにとどまっていたうわさは、春園の親日的発言が頻繁になるにつれて、いや、そうではなく、徐浪はああして唖者を装っているのだという説に傾いていった。

状況の推移に並外れて敏感な彼が、戦争協力を強要される事態を予測して唖者のふりをすることにしたのだという話は、日帝に対する抵抗が思うにまかせず、欲求不満にとらわれていた当時の意識的知識層にとって、気持ちを晴らしてくれる一服の清涼剤でないはずがなかった。

治療のために金剛山《クムガンサン》へ療養に出かけたといううわさが聞こえてくると、人びとはそれを政治的な隠遁《いんとん》と見なし、伯夷《はくい》・叔斉《しゅくせい》〈注9〉になぞらえた。

「しかしですね、先生。ふりをしているのではなく、文字通り本当の唖になったのだという説の方が、もっと受け入れられているようですが」

話を聞き終えて、私はそう担任にたずねた。

「そりゃ、口さがない世間のことだから、そんな異説も出てくることだろう」

「徐浪が唖のふりをしているという話を信じて、感激のあまり金剛山へついて行った学生が、少し離れた所からでも一度徐浪を仰ぎ見て、できたら筆談でもしてみるつもりだったけれど、全く反応がなかったばかりか、唖かどうかはさておき、魂が抜けた人のようだったそうです」

「相手の正体もわからないのに、私は偽《にせ》の唖ですと打ち明けるだろうか」

「いいえ、夫人が泣き出さんばかりに、そっとしておいてくれと言った、その悲嘆ぶりは只事《ただごと》ではなかったそうです」

「そうか」

「おまけに、耳まで聞こえなくなったそうです。唖のふりをしているといううわさが事実だとすれば、朝鮮人に尋常ならざる影響を与えかねないと思った三輪という日本の刑事が、ある時、徐浪を訪ねて行って、すきを見て後頭部近くで拳銃の引き金を引いたのですが、ピクリともしなかったそうです」

「その弾に犬があたって死んだのを見ても、まったく反応がなかったという話だろう?」

「偽者なら、いくら何でも、そこまで反応がないということがあるでしょうか」

「まるっきり反応がないのも異常といえば異常だと見ることができるだろう」

「それなら、あの苛酷極まりない日本の官憲が、どうしてそれ以上追及しようとしなかったのでしょうか」

「そりゃ、比重が違うから。春園の場合なら、そのままでは済まされなかったはずだ。日本の官憲としても、うわさが気に食わなかったものの、啞になってしまって、ともかく言葉を失っているはずだから、そのまま放っているのだろう」

「春園はどう考えているのでしょうか」

「一度訪ねて行ったが、全然反応がなかったと、ただ悲しんでいたよ」

〈注9〉　殷の孤竹君の二子。周の武王が殷の紂王を武力で討とうとした時、これを諫めたが、聞かれなかったため、首陽山にこもり、餓死したと伝えられる。(史記列伝)

「見せかけの啞と考えて、負けた！　またやられた！　と、そんなふうに思いはしなかったでしょうか」

「そうだなあ。私のような人間は、やあ！　そんな手があったんだなあ！　と感嘆するだろうが、真似をしてみたって、亜流として物笑いのタネになるだけで、私にはそんな演技力もない。それに、教壇で話すことで生計を立てている者が啞になったりしては妻子を路頭に迷わすだけだ。春園は正直な人だから本当に信じているだろう。偽者と思ったとしたら？　さあ、どうかな。お互いに次元が違うから、負けた！　やられた！　という風には感じなかっただろうよ」

「先生自身はやはり、徐浪はわざと啞を装っているとお考えですか」

「私のように官立の学校で教鞭をとっている人間の場合、そういうことに対して二通りの反応が考えられる。二つともある種のコンプレックスから出たものだが、一つは、徐浪が本物の啞になったと考えることだ。つまり、抵抗すべきことに抵抗できない人間が、抵抗する人間に感じるそねみや嫉妬がその原因だ。もう一つは、そう考えては人生があまりにも悲しくなる、だから、自分には到底できないが、そんな風に抵抗する人間もいると考えることで、同じ人間である自分にも一抹の可能性があると思って、自らを慰めることだ。代価を払わないで、他人の行動に絡みつこうというやり口だが、前者よりは後者の方に救いがあるような気がするなあ」

「だから、僕にもそう信じろというのですか」

「信じないよりは信じる方がいいじゃないか」

「信じて自分を慰めてばかりいるわけにはいきません。行動が問題ですから」

「行動？　……わかった。ところで、一体春園をどうしようと言うのかね？」

「このままにしておくことはできません」

「やめろ！」

担任は言下に言い放った。私はとっさに言い返すことができなかった。

「私がこう言うのは、春園と親しいからでもなければ、教師として自分の身辺が無事であることを願うからでもない。君が年若いからでもないのだ。テロというのは、特に同じ民族同士のテロには全く積極的な意味がない。きわめて消極的な行動だということだ。〈青年よ大志を抱け〉という言葉があるが、君はどうして、春園に対抗するような思想を持つとか、もっと影響力のある何か独自の行動を考えようとせず、春園を辱めようとばかりするのだ」

「僕は……」

と、私は口ごもって
「僕は今、まったく無力じゃないですか」

「だから、もっと学ばねば。そして時を待つんだ」

「いつまでですか」

「そんなにせっかちに考えるものではない。性急に鞭打とうと思わず、がまんして大きくなり、大黒柱にふさわしい人材になろうと考えるんだよ」

それで私は言い返す言葉を失ったが、大黒柱のような人物になってみろという担任の励ましを、自分が大黒柱の人材だと言われたように錯覚して、十代の稚気溢れる感動まで覚えた。

いま考えると、老練な先生にきれいに説教されたわけであるが、今はもうこの世にいないその担任が良き師だったと、日が経つにつれて身にしみて有り難く思うようになった。

解放〈注10〉の翌年の春、私は三十八度線を越えて南に向かい、新聞社に入り社会部の記者になった。すでに多くの人士が社会の表面に姿を現し活躍をはじめていた。北では親日派はもとより、民族主義的独立の闘士までもが、プロレタリア階級でない人びとに向けられる非難や攻撃、排撃にさらされ、いつ果てるともしれないありさまだった。心底うんざりした私は、親日派に対して右も左も嘲笑と排斥一辺倒である状況を見るにつけ、それに同調したいという気になれないばかりか、人間が同じ人間を断罪するとき、どうしてあんな風に自分自身を除外できるのかと嫌気さえ覚えるようになっていた。

そんな心情から、春園《チュノン》の苦境を同情的に見るようになった。だれがあえて彼に石を投げることができようか。私はバイブルの一節をそんな風に単純に適用した。いまだに世論とか多数というものに、すばやく同調できず躊躇《ちゅうちょ》してしまう私の性癖は、そんなところから芽生えたのかもしれない。大衆という言葉に他の人ほど無条件に酔えないのも、そんなところにあるのかもしれない。

私が春園に対して同情を表すと、同僚の記者たちは同郷だからと評した。同郷だから、同窓だから、同じ階級だからと刃物ですぱっと大根を切るように分類する評価を私は嫌悪する。人間というのは、そんなに単純なものだろうか。

〈注10〉　一九四五年八月十五日

春園に同情しているうちに、ふと徐浪《ソナン》のことを思った。当然というべき連想であるが、徐浪を思い出したのは、私が南に渡って来て、かなりの月日が経過した後のことだった。考えてみるとあまりにもうかつだった。

思い出すとすぐ、私は文化部長（当時の学芸部長）に彼の消息をたずねた。

「徐浪？　だれだ」

と問い返し、学芸部長はしばらく私の話を聞いていたが、何だ、そんなことかというように、

「ああ、その人ね。その人がどうだというのかね」

と、また聞き返した。私が性急に、

「今、何をしているでしょうか」

と畳み込んで聞くと、

「何をしているかって？　唖に何ができるというのかね」

と、まったく相手にしようとしない風である。

「わざと唖のふりをしたとも聞いたのですが」

学芸部長は口元に冷笑を浮かべて、

「そりゃあ、当時そんなうわさがあるにはあったがね。デマだよ。君ねえ、解放がいくら大したことだといっても、唖が口を開くかね」

と言って、にやりと笑って見せた。

私は只ただ落胆するしかなかったが、彼に対する幻滅を拒否する何かが、私の心の片隅に残っていた。

手の施しようもないほど混乱したこの時機に、徐浪が表に現れて口を開こうとしないのは、もしかしたら何か深いわけがあるからではないかとも考えてみた。

しかし、そんな風に疑いながらも、石でも口を開いてものを言わねばならないこの重大な時機に、沈黙を守り続ける理由が何であるか、さっぱり想像できなかった。

あるいはという思いから、昔道峯山に私を連れて行った恩師を訪ねた。南に来て以来、初めてのことだった。

恩師は私が新聞記者になったことを心から喜んでくれた。道峯山に登った時の話も出て、春園について意見も交わした。私が春園に対して同情的な見解を明かすと、恩師は、

「そういう攻撃はむしろ彼の心を軽くしているのじゃないだろうか。春園は、もっと、面目が立たないほど責められたいと望んでいるかもしれないよ」

と言った。私はまた、いま一度、恩師に先んじられたように感じた。話題が必然的に徐浪に移ると、恩師の顔には急に暗い翳《かげ》がさした。

しかし、私は思いがけない話を期待して、

「もしかして、何か深い事情をお聞きになったことはありませんか」

とたずねた。恩師はしばらく憮然として、手のひらであごを撫でていたが、

「あの時、わざと啞になったというのは、期待から出た想像の産物だったようだ」

「では、本物の啞になったというのが正しかったんですね」

「残念だが、そうだったようだ。去年のことだったか、彼が名医を訪ねて、本格的に治療に取りかかったといううわさを聞いた」

「そうですか……。幻滅です」

「そうだね、幻滅といえば確かに幻滅なんだが、あの時も、厳密に問えば、問題は彼にあったというより、われわれの側にあったのではないだろうか。彼が本物の啞なのか、それとも偽者なのかということは、彼の問題でありながら、その実、われわれ自身の問題だったのではないかということなんだ。彼が啞のふりをしていたということより、君や僕がそう考えたという事実の方が、もっと貴重だったんだよ。だから、われわれインテリ

は、だまされたといおうか、誤解したといおうか、いわば勝手に幻想を抱いていたことを認めた方がよいかもしれないね。そういう意味で、彼の啞の虚実を問い質《ただ》すのではなく、そんな契機を与えてくれた彼に感謝してもよいのだよ」

恩師のその言葉に、私は無理やり自分を納得させようと努めたが、後味は決してすっきりしなかった。

若い血気に疲れを知らず、地下から姿を現したり海外から戻って来た闘士たちを精力的に追いまわし、その風貌や謦咳《けいがい》に接することを記者になった唯一の生きがいとしてきたが、しかし、実際に彼らに会えば会うほど、期待とはほど遠いものを感じるようになり、いらだちをおぼえていた時だったので、徐浪に対する幻滅は、まるで裏切られでもしたように、私の胸にぽっかりと穴を空けてしまった。

それでもなお、私は一筋の希望を棄てきれず、何かを見つけ出そうとして、ある雑誌に徐浪に関する随筆を書いたことがあったが、何の反応もなかったことと記憶している。

別れるとき、恩師は私にこう聞いた。

「記者生活を続けるつもりだろう?」

「政治運動に関心があるのですが」

「やめておけ！」

恩師の語気は、道峰山でテロをやめろと言った時のように断乎としていた。

「やるべき人間は他にいるよ。君はそうじゃない。君のような強い個性が組織の中でどうなるか、考えただけでも身の毛がよだつよ。一緒になって動き回っているうちに自分を失ってしまう。そうなったらお終いだ」

徐浪をめぐって密約のようなもので結ばれていた恩師は、その翌年、教授をしていた大学で政治性を帯びた声明書に署名することを拒否したために、反対派と目されて追い込まれ、どちらの派によるものか不明であるが、セクト学生のテロとおぼしき襲撃に遭い、晩秋の暗いレンガ塀の下に身を横たえることになった。それから二十余年、私は詩人〈徐浪〉のことを忘れていた。


人生を五十年近く生きてくると、時たま、予期しない時に、偶然の場所で、初対面でありながら知るに値すると思わせるような人に出逢い、思いがけない話を聞くことがある。そんな時、私は人間として生きている悦びを味わい、人生は生きるに値するという満足感に浸る。

ほんの少し前のことであるが、取材のために出かけた忠清道《チュンチョンド》の小さな町の、とある旅館でそんな経験をした。

今までの経験の中でも、それは最高の経験だったといおうか。

夕食の膳を下げて、私は一日遅れの新聞にざっと目を通していたが、突然胃痙攣《いけいれん》の発作に襲われた。激しくよじれる腹を押さえて、やっとのことで使い走りのアジュモニ〈注11〉を呼び、鎮痛剤を買ってくるように頼んだが、それを飲んでも治まらなかった。うめき続けている私を見かねたアジュモニが、ちょうどこの旅館に名のあるお医者さんが何日間か滞在していらっしゃるので、診てくれるように頼んではどうですかと言った。名のある医者が、どうしてこんな旅館に滞在しているのか、そのわけを問い質す余裕はなかった。それをなぜ早く言わなかったのかと、教えてくれたアジュモニを咎《とが》めながら、早くご案内してくれと頼んだ。

しばらくして、アジュモニに案内されて部屋に入ってきた医者を見て、私は面食らった。名のある医者だというので、私はとっさに高齢の人物を想像していたのだが、栗色の

〈注11〉　おばさん

セーターの上に栗色のコールテンのジャケットを無造作に羽織ったその人物は、眉の辺りまで髪の毛が覆いかぶさり、口の周りやあごや頬にヒゲが伸びているものの、その顔は血色が良く張りがあって目には若々しい生気がみなぎっていた。

私が痛みに耐えられず、胃痙攣らしいと言うと、彼は診察もせずに、持ってきたカバンの中から注射器を取り出してたずねた。

「酒をたくさんお飲みになりますか」

〈斗酒も辞さず〉だと答えると、彼はにっこり笑いながら、

「では、一本では駄目でしょう」

と、鎮痛剤を二本注射器に吸い上げて、手際よく打ってくれた。それから、私を寝かせて診察を始めた。

私は肚の中で、てきぱきしていて悪くはないが、この人物、もしかしたらモグリの医者ではないかと疑った。

田舎町の旅館に滞留していることに加えて、風貌や身なりから推して、そんな風にも思われた。しばらく手で私の腹を診ていたが、

「手術しておられるので盲腸であるはずはないし、膵臓でもないようです。胃痙攣にま

ちがいないでしょう」

と言った。あいまいな言い方だと思ったが、その時、彼が美しい声の持ち主であることに気づいた。さらにまた、髪の毛とヒゲに覆われてはいるものの、よく見ると眉といい鼻といい口といい、じつに端正な顔立ちである。

モグリの医者なら顔立ちが悪いというわけでもないが、どこか少し印象が違った。顔と体全体からどことなく洗練された知性が漂っていた。

私の俗物根性はたちまち彼に興味をおぼえた。そこで、彼をもう少し引き止めておきたいと思い、アジュモニに果物でもむいて持ってきてくれと命じた。彼は目に微笑を浮かべただけで、辞退しなかった。

初対面のあいさつは果物が来てから交すことにして、それまで適当に場を持たそうと私は雑談の糸口を探した。

「どこかへお出かけになった帰りですか」

「いえ、こんな風にさすらっているのです」

「さすらっている？」

「医者のいない僻村《へきそん》を廻っていると、ときどき扇の目のような、こんな小さな町に立ち寄ることがあるものです」

「どうして定住して開業なさらないのですか」

「こんな風にしているうちに、今や放浪癖が天性となってしまったようです」

「きつくはないですか」

「今では面白くなりましたので」

「ご家族はどちらにいらっしゃるのですか」

「私ひとりです」

「ご両親は?」

「二人とも亡くなりました」

「結婚はまだ?」

「ええ」

と答えて、彼はにこっと笑った。

話がつい尋問のようになってしまい、もはやこれ以上、初対面のあいさつを引き延ばすことができなくなった時、アジュモニが皮をむいたリンゴと梨の皿を運んできて置いていった。果物を勧めてから、無礼をわびて、まず私の方が名前を名乗った。

医者も自分の名前を告げた。彼が「ソパ」と言った時、私はとっさに聞き取れず「えっ？ソパ？」と聞き返した。

するとまた、彼の目に微笑が浮かんだ。

「徐家のソはご存知でしょう？　パ、波という一字です」

「ソパ（徐波）！」

「父が付けてくれた名前は別にあるのですが、田舎を廻るようになってから、波の一字を使うことにしました。本名よりもっと父を感じさせるので、そう名乗っているのです」

「徐波！　印象的なお名前です」

そう言って、そのわけは後になってわかったのだが、二人の間にちょっと沈黙が流れた。

その暫時《ざんじ》の沈黙の間、私は何かがちらちら見え隠れするものの、それがなかなか脳裏に浮かんでこないじれったさを感じていた。

―本名よりもっと父を感じさせるので―

次の瞬間、私は全身にさっと鳥肌が立つのをおぼえて、穴が開くほど彼の顔を凝視した。とっさに開かない口を必死に開いて、やっとのことで

「では、もしやあなたは、詩人の徐浪《ソナン》先生の……」

と言ったが、その後を続けることができなかった。医者はちらっと目を伏せたが、すぐに目を上げて
「そうです。私は彼の息子です」

と言った。そうですか！　という一言が私の口の中で空回りするだけで言葉にならなかった。暫時、強烈な感動をともなった戦慄《せんりつ》が、私の全身を波のように何度も通り過ぎた。

しばらくして、私は震える声で朗誦するように独り言をもらした。

「ここで、こんな風に徐浪先生のご子息にお会いできるとは」

すると、彼がきいた。

「父をご存知なんですか」

「お会いしたことはありませんが、話だけは」

「どんな話をお聞きになったのですか」

彼は性急に畳みかけて聞いてきた。真摯《しんし》な光がその澄んだ目に烽火《のろし》のように燃え上がった。その目の輝きを見た瞬間、今こそ私が長い間抱いてきた徐浪に関する謎を解くことができるのだと直感した。

何から聞こうか。私は期待に満ちた胸の中で迷った。

また、二人の間にぎこちない沈黙が流れた。ややあって私は口を開いた。

「私が徐浪先生について聞いた話はうわさ話ばかりです。あの時、わざと唖のふりをしておられたのか、それとも本当にのどに何かの障害が生じたのか、私はそれが知りたかったし、今でもその点がはっきりわかればと思っています」

すると、医者の視線が一瞬乱れたが、再び焦点を合せると、

「あの時、父はわざと唖のふりをしていたのです」

「そうでしたか！」

その瞬間、私の胸はぱあっと晴れて、そこから広々とした空を望むような気がしたが、それも一瞬だった。

「それでは、解放後も口を開かれなかったわけは？」

「それは……」

医者の顔には悲痛な翳がよぎった。

しばらくして、彼は、

「事情をお聞きになりますか」

と言うと、遠いところを見つめるような目つきになって、

「あれは、六・二五が勃発し、ソウルを奪還した直後のことでした。その年の十月に父は亡くなったのですが、亡くなる数日前に父が私を呼びました」

私は全神経をひたすら両耳に集めた。

「しばらく私の顔を見上げていた父の口から私の名前を呼ぶ声が出たとき、私は気が遠くなるほどおどろきました。父が言葉を話すとは！　私は倒れそうな体をやっと両腕で支えてこらえました」

息子の名前を呼んだ徐浪の口から次に出たのは、「すまなかった」という言葉だったという。医者は次のような話を私に語った。

あの日、徐浪《ソナン》は演壇に立って話をはじめたが、ふいに一種の幻覚に襲われた。聴衆が自分を嘲《あざけ》る声といおうか、突然それは、満ち潮のように激しく押し寄せてきた。その瞬間、彼は話を止めた。数秒間、彼の頭の中は猛烈な速度で回転した。その回転が止まった時、彼の心に一つの決断が生じた。今後いっさい言葉を話さない、つまり唖者になるという決断だった。そう決断するや、無意識のうちに手が口を覆い、もう片方の手は自らののどを

掴んでよじっていた。

府民館を出て、そのまま家へ戻って妻の顔を見た瞬間、彼は自分がとんでもない振舞いをしでかしたと思った。妻と十五歳になった一人息子にどう話すべきか。悩んだあげく、妻と息子にだけはこっそりと事情を話そうかと考えた。

しかし数日の後、彼は自分の考えを撤回した。決して一種の完全犯罪を達成しようと思ったからではない。

おかしなことだが、美しい妻の悲嘆にくれる姿を見て、かえって限りない愛しさを感じ、分別がつきはじめた息子がどこか人間的な深まりを見せる様子に頼もしさを覚えたからだったといおうか。

朝鮮人である自分の妻、朝鮮人である自分の息子という次元でいつも感じていた朝鮮人としての惻隠《そくいん》の情は、そんな妻と息子の姿を見るとき、抱きしめて大声で泣きたいほど不《ふ》憫《びん》になりながらも、一層いとおしく愛すべきものになることに彼は陶酔してしまったのだ。この状態をこのまま維持しよう！　当時の世紀末的な状況の中にあって、彼の耽美的サディズムは彼にそう決心させた。

そう決めてからも何度か揺れ動いた彼の決断は、妻と息子と三人で手話を習うようになってから一層固疾化《こしつか》した。

指を動かしながら互いの意思伝達の完璧を期そうとして、足りない分を補おうと切実に動く目の動きを見たとき、徐浪は言葉を介在させる場合とは比べものにならない人間の真心のごときものを痛感した。ついに徐浪は、言葉というものは何ら特別なものではない、それどころか、どうかすると霊的な人間交流の妨害になるものかもしれないと考えるまでに至った。

刑事の三輪がやって来たとき、彼は折しも噛んでいた松の実をすばやく耳の奥にねじ込んだ。奸智《かんち》に長《た》けた三輪に対して、演技をより自然らしくやってのけようといういたずら心からだった。三輪が彼の背後から中庭に向って拳銃を一発撃った時も、彼の聴覚は松の実のおかげで鈍く反応した。しかし、三年の間わが子のように育ててきた珍島犬《チンド》が、その弾にあたって二度高く跳ね上がり、地面に血を吐いて倒れたとき彼が身じろぎもしなかったのは、その瞬間、自分の犯した罪を意識して茫然自失となったからである。自分のせいで、少なくとも犬一匹が死んだではないか。

松の実で耳が塞がれていたために四囲の動きが静止したような中で、彼はそんな罪の意識に深く沈んでいった。

こうして、あの苛烈な太平洋戦争末期の何年かを、徐浪は深海の貝のように自らを守り抜いたのであった。

祖国が解放された日、外に出かけていた妻が門を開けて入ってくるなり、

「あなた、戦争が終ったんですって」

と叫ぶ声を、徐浪は部屋の中ではっきりと聞いた。

あわただしく部屋に駆け込んできた妻が、大急ぎで指を動かして、戦争が終ったという仕草をしてみせた。そんな妻を見て、彼はやさしく微笑んだ。妻のそうした仕草が美しくも愛らしかった。そしてまた、不憫でもあった。果ては、ちょっとおかしくすらあった。

―さあ、今こそ、このいじらしい妻を喜ばせてやろう―

そこで、一度、深く息を吸い込んで、

―お前―

と、口を開いた。ところが、その一言がのどに引っ掛って、すぐに言葉となって出てこなかった。それで、また、

―お前―

と、口を動かした。

だが、やっぱり言葉となって出てこない。

彼はいささかあわてて、急いでもう一度、

—お前—

と、口を動かした。しかし、どうしたことであろう。相変わらず、それは言葉にならない。こんなはずが！

彼はうろたえた。あわてて、今度は両腕をぱっと挙げて、

—万歳！—

と叫んでみた。ああ、しかし、それは部屋の空気を少しも揺るがすことができないではないか！　眩暈《めまい》がして倒れそうになった彼の目に、妻の歪んでいく顔だけがあまりにも鮮明に映って見えた。彼は全身の力を集めて必死に試みた。

二度、三度—しかし—そのまま彼は意識を失ってしまった。

妻が彼の胸に身を投げて、ワァッと声を上げて泣いたとき、彼の視線は焦点を失い、全身は噴き出した汗でびっしょりと濡れていた。

暫時、彼は思考の能力を失っていた。心は空虚さでいっぱいだった。

しばらくして、我に返った彼は、心の中で、

―復讐を受けたなあ―

と、つぶやいた。とめどなく泣き続ける妻をしっかり抱きしめたまま、その腕にさらに力をこめた。そんな風に妻を抱きしめていなくては、とうてい耐えられない気がした。

―完璧に復讐された、見事にやられたなあ、容赦ないなあ―

妻や息子までだましてきたことを、何者かが何処かから見ていて、決定的な一瞬に決定的な一撃を加えてきたのだ。

心が鎮まると、なぜかこっけいな気がした。自分がこっけいな喜劇役者のように思われた。

次の日から、妻は医大の予科〈注12〉に在学中の息子を前に立てて、少しでも名の通った医者という医者を訪ねて回るようになった。

するとまもなく、徐浪が本格的な治療を急いでいるという噂《うわさ》が流れはじめた。

だが、彼は妻と息子が勧めるどんな診察もどんな治療も一切拒絶した。

かくして、日が経ち月が過ぎていった。

〈注12〉 教養課程

翌年の春、明かり窓のガラス越しに満開のレンギョウが見える、ある日のことであった。

徐浪は気だるい午睡から覚めて、しばらくぼんやりとレンギョウの花を眺めていたが、何気なく、

「おい、ちょっと」

と、妻を呼んだ。そして、はっと驚いた。その一言がはっきりと自分の聴覚に触れたのだ。

「おい、おうい」

と、次第に高くなってゆく声が痛いほど自らの耳朵《じだ》を打つではないか。今度は息子の名前を呼んでみた。それはのどと唇に温かく感ぜられた。彼はぱっと起き上がり、板の間へ走って行きながら続けざまに妻と息子を呼んだ。はかり知れない喜びが、彼の全身をうねって流れた。

考えてみると、息子は学校へ行き妻は市場に買い物に行って、家の中には誰もいなかった。

今度は、殺された犬の名を呼んでみた。

むろん、反応のあろうはずはなかった。

殺された犬のことを思い出して、浮き立っていた心が沈んでいった。

その時、門の外から垣根《かきね》越しに物売りの声が聞えてきた。

「ワカメ、お入り用ですか」

彼は急いで板の間を下り立ち、履物をつっかけて中庭を横切り、門の閂《かんぬき》を外した。見かけないワカメ売りが、ワカメの束をいっぱい肩に掛け、突っ立っているのが見えた。

「よくそろって滑らかな、とても良いワカメですよ」

「あ、俺は家内を呼んだのだが……」

「さようですか？　手前はまた、お呼びになったものと思いまして」

「じゃあ、どれ……」

徐浪はワカメ売りが差し出すワカメを手で撫でると、一束買った。自分の声がワカメ売りという他人に確認されたことが嬉しかった。

こうしてワカメを買いこみ、徐浪はもどかしい気持ちで妻の帰りを待った。

ところが、その日、妻は実家に立ち寄り夜遅くなって帰ってきた。もし、妻が早く帰っていたら、その日から徐浪は口を開き、唖者の身を抜け出していたことであろう。

ところが、妻の帰りが遅かったために、徐浪はつい、考える時間をたくさん持つこととなり、その結果、口が利けるようになったにもかかわらず、唖者のふりを続けることになったといおうか。

徐浪は自分が今になって事新しく口を開くことにどんな意味があるだろうかと思った。長年の手話の習慣によって、家庭という囲いの中の意思疎通や生活には何の支障もなかった。それほど、今では言葉を必要としなくなっていた。

外に対するそれも、大して意味がないように思えた。いまの俺が誰に対してどんな言葉を語るというのか！　あまりにも言葉というものが氾濫し、それがかえって障害となっているこの世の中に、今また俺の言葉まで付け加えることはないじゃないか。

自分が口を開いて、得るものは何であり失うものは何であろうか。一度は自ら棄て、一度は奪われた言葉を、いま取り戻したからといって、ああ、よかったと、また駆使するというのはこっけいなことではないだろうか。喜劇だ！　そうだ、むしろそれこそ喜劇だ！　取り戻した言葉を拒否して沈黙を続けることが、もしかすると、自分から言葉を奪った何ものかに対する逆襲とはならないだろうか。一体、言葉とは何だ。

遅くなって妻が帰ってきたとき、徐浪はふたたび、一点の迷いもない唖者に戻っていた。しかし、そんな徐浪がその後一度だけ、口を開こうという衝動に駆られた時がある。妻がこの世を去る臨終の瞬間だった。

自分の生命のように愛し、まさに生の意味そのものだった妻がこの世を去る瞬間、徐浪は口を開いて言葉で妻を見送ってやりたいと思った。しかし、途切れそうな生命の糸をやっとのことで手繰り寄せながら、焦点のぼやけた視線を自分に集中させ―ありったけの気力をひとえに指に集めて、切実な感情を伝えようとする妻を見たとき、とうてい彼の口は開かなかった。それゆえ、彼もまた懸命に指を動かして妻に最後の別れのあいさつを送ったのであった。

「話し終って父は、医者がお前の適性だと思えるかと私に尋ねました。そんな気がすると答えると父は、それはよかった、俺が唖になったことがお前の医学を志した動機になったのではないかと、胸が痛かったのだが、しかし、そんなお前の気持ちが、俺にはまたこの上なく嬉しくもあった、と言うのですよ」

「親の心とは、そういうものでしょうね」

「患者を愛することができるかとも聞きました。よくわからないと正直に答えると、人は一人では生きられないし、一人で生きてはならないと言うのです。人というのは、やむなく絡み合って生きるものであり、それがまた、生きるということだが、他人を愛することは並大抵のことではないと言いました。一人の人間を愛することとさえ手に余るものなのに、たくさんの人を愛するというのは、生易しいことではないだろうと」

「そうでしょうね。人間というものは、とかく他人のことを嫉みがちなものですから、人を嫉まないというだけでも感心なことと言えるでしょう。それなのに、他人を愛すること、それも多くの人を愛するということは、本当に並大抵でないどころか、ほとんど不可能なことですね」

「そうでしょう？　不可能なことでしょう？」

医者はそう畳みかけた。その声は強く、目には切なげな光がこもっていた。

絶対に不可能だとまで断定する自信がなかったので、返事をためらっていると、医者は私の答えを待ちもせず自問自答のように、

「実際、不可能なことです。そんな風に他人を、それも多くの人をどうして愛することができるでしょう。できるといえば、嘘になるでしょう」

と、沈んだ声で

「父が亡くなってから、あの時父が私に言った言葉が、いつまでも心に引っ掛っていました。患者を、つまり他人を愛することができるかという問いかけです。率直に言って、私は他人を愛することができません。人間を丸ごと愛することができません。なぜか私は人間の醜い面に目を塞ぐことができないのです。精神的にも肉体的にも、私を含めて人間はみな、あまりにも醜いところが多いようで、醜いこと、まさにそれこそが人間であるようにさえ見えるのですよ」

私は彼の話を聞きながら、この医者はやはり、あの耽美主義者徐浪の息子だなと思った。美に鋭敏だったあの父に、醜に鋭敏なこの息子。

「それで、極度の自己嫌悪にとらわれたりしたのですが、それがいつからか、それほど醜い人間が、ある一瞬、火花が散るように美しくなる、そんな瞬間があることに気づくようになりました」

医者は静かに言葉をつづけた。

「六・二五の時、私は軍医として従軍していたのですが、部下を犬や豚のように扱い、即決処刑を平気でするような荒っぽい指揮官でも、患者として軍医に向う時だけは大層おとなしくなります。まるで赤ん坊のように可愛く思われるほどです。もちろん、治れば元の木阿弥《もくあみ》ですが」

医者と私はいっしょに笑った。

「殺人犯も治療したことがありますが、患者としての彼は、医者である私の目には善良で純真にすら見えました。哀れで不憫な気がしましたね」

「そうでしょうね」

「昔、開業した友人を手伝ったことがあります。その時、苦痛に耐えながら、いちずに医者を信じている患者と、額に玉の汗を浮かべながら、ひたすら手術に没頭している友人の姿を見た瞬間、本当に美しいと感じました。そして、このような美しい人間関係を持続することができないものだろうかと思いました。ところが、それから何日も経たないうちに、治療費のことでもめ事が繰り広げられ、耐えがたい幻滅を味わいました。あれほど美しく見えた人間関係が、どうすればこんなに醜く見えるものかとね。だから、ああ、人間とは、ある一瞬、ある一時《いっとき》だけ善良で美しいものなんだ、そう思いましたね。それで、私は地方廻りの医者になろうと決心したのです。医者がいない僻村に行って治療するようになると、よく患者の中に人間としての美しさを発見しますよ。私の前に現れる人びとは、どうしてこんなにも善良で美しくありうるのか、驚嘆するほかありません。もちろん、薬品を盗まれたりして、がっくり落ち込む時もあることはありますが……」

私はうめくように感歎《かんたん》の声をもらした。

「欲張りでいらっしゃるなあ。そんな風に、人が善良で美しい瞬間だけを独占しようとなさるとは」

すると、医者は一度首をかしげてみせたが、

「そういえば、そう見ることもできるでしょうね。いや、本当にそうかもしれません」

と言った。

夜はいつのまにか更けていった。私は果物をもう一皿頼んだ。皿を運んできたアジュモニが出て行くのを待って、医者は居ずまいを正して顔つきを改めた。

「お許しを乞わねばなりません」

「突然また、何をおっしゃる……」

「私が先生にお目にかかったのは、偶然でありながら偶然ではないのです」

「えっ?」

「さっき宿帳でお名前を見て、お会いする機会をねらっていたのです」

「いや、だけど、私の胃痙攣まであなたが捏造《ねつぞう》したわけではないでしょう」

「そりゃ、そうですが、そういうことがなくても、お訪ねしてお目にかかろうと思っていました」

「じゃ、私が病気になってよかったですね。どうですか？　私は患者として美しく見えましたか」

医者は声を立てずに笑い、

「昔、私の父について雑誌にお書きになったものを読みました」

「そうだったのですか！」

「その文章が深く印象に残っていました。それで、父が亡くなった後、何度か、お訪ねして真相をお話ししようかと思ったのですが、それを明らかにすることが、果たして父の意志に沿うものかどうかためらわれまして、今までお目にかかることができなかったのです。そのうちいつしか、私一人の心の奥に仕舞って置けばよいと思うようになっていたのですが、さっき宿帳を見て、急に気持ちが変りました」

「徐浪先生にあなたのようなご子息がいらっしゃることを私が知っていましたら、どのようにしてでも、お訪ねしてお目にかかっていたことでしょう」

「つまらないことをお話ししたかもしれません」

「とんでもありません。ところで、徐浪先生は酒をお好きだったと聞いたのですが……」

「そうでした」

「一杯やりますか」

「いえ、酒を飲むと失敗しそうですから」

「失敗しない酒なんてありますか」

酒を飲めばどんな失敗をするのか、医者は酒を固辞した。

「独身で通すおつもりですか」

「そうなるかもしれませんね」

「やはり、女には人間の美しからざるものが多い、とお感じになられたのですか」

医者はまた声もなく笑った。

「いいえ、こんな流れ者について来る女がどこにいますか」

「いると思いますよ」

私はこの医者の血筋が断絶するのは惜しい気がした。

「率直にうかがいますが、男性としての衝動はどう処理していらっしゃるのですか」

医者はまたにやりと笑ったが、

「もう習慣になったのじゃないでしょうか。関心を持たないことがいつのまにか習慣になってしまったようです。習慣とは恐ろしいものですからね。今ではそんなことで別に苦痛を感じはしません」

「一種の悟りですねえ」

「とんでもありません！」

医者はちょっと声を高めて、

「心の姦淫はよく経験するのですから」

「それはどんな場合ですか」

私は畳みかけて聞いた。

「そうですね」

医者はちょっと考えているようすだったが、

「何と言いましょうか。暑い夏、田舎道を歩いていて井戸のほとりに立ち寄り、水を一杯請う私に、冷たい水を汲んでくれた女のはずかしそうな表情を見たとき、一瞬強い引力を感じたことがあります」

「引力とおっしゃるのだなあ」

「おかしいですか」

医者は顔を赤くした。

「いえいえ。続けてください」

「そう……こんな場合もあります。聴診器を持って待っている私の前で、田舎の娘さんが、逆に胸元を整えて、首のつけ根まで真っ赤にする……」

「その瞬間！」

その一言を同時に発して、医者と私は声を合せて笑った。

今度は私の方が座り直した。

「では、先生が一箇所に定着せず、カバン一つ提《さ》げて僻村をさすらっておられるのは、初めて出会う人びとが見せる一瞬の美しさを見るためですか」

「さあ……、そうですね」

と、医者は、

「それを見るためというより、そういうものを感じる時だけ、私は他者とつながりを持つことができるような気がするから、とでもいいましょうか」

「つまり、そういう時しか、他者を、人間を愛することができないからともいえるわけですね」

「いいえ、そんな生意気なことではありません。そうではなく、他の人たちのように他人を愛することができなくて……」

何か切なそうにしている医者を見て、私は懸賞クイズの解答のように一言で自分自身を納得させる答えを、性急に引っ張り出そうとした自分の俗物性に気づき、思わず赤面してしまった。

翌日の朝早く、そこから二里ほど離れた村まで徒歩で行くという医者を、町外れの土手まで見送った。二人とも黙って歩いた。

われわれの間には、もはや言葉は必要なかった。いっしょに並んで、こんな風に歩いているだけで満足だった。

土手に着くと、お元気でとか、またお会いしましょうとかというありきたりの儀礼的なあいさつを交わして別れた。しかし、われわれが再会することはもう二度とないだろう。なぜなら、医者も私もそれを望んではいないから。

彼は小さな手提げカバンを一つ持って、風に押されるようにさっさと土手を歩いて行った。

遠ざかっていく彼の後ろ姿に目を向けているうちに、濃く立ち込める孤独の影とともに、目に見えない重い荷のようなものが、彼の両肩を押さえている幻覚に捉えられた。それは、彼自ら進んで背負ったものであると同時に、彼の父である詩人徐浪から受け継いだものかも知れない。あるいは私のような現世の俗物たちが無理やり押しつけたものかもしれない。だが、だれかが背負わねばならない、そんな性質の荷のように思われた。しばらく、そんな風に憂いに浸っていた私は、次第に、心が空っぽになっていくようなな、そのくせ、いつになく充足されていくような奇妙な気分に駆られていった。

（訳　森本由紀子）

馬徳昌　大人

「そのひと言が、どうしても言えなかった」

李鍾赫《イ・チョンヒョク》〈注1〉は低い声でこう呟くと、穏やかな視線を畏友劉鳳榮《ユ・ボンヨン》〈注2〉に向けて、さびしく笑った。

「そのひと言さえ口にされとれば、あんな辛い目にはあわなかったでがんしょ」

平安道《ピョンアンド》なまりで劉鳳榮が言葉を返した。

「そうだったでしょう。そのひと言さえ口にしておれば、監獄暮らしもそこまでで、こんなざまにはならなかったでしょう。しかし、そのひと言はどうしても言うわけにはゆかなかった」

こう繰り返し、李鍾赫はもう一度さびしく笑って、軽く咳こんだ。

「さあ、もう横になっては」

劉鳳榮が気遣って言葉をかけると、

「劉さん、すまないなあ面倒かけて」

「水臭いぞ、なしてそげんことを……」

二人の間に暫し沈黙が流れた。

「劉さん……」

李鐘赫が再度低く呟いたが、少し間を置いて、

「あのう、一つ頼みがあるんだが」

「何でがんすか?」

「金錫源《キム・ソゴン》〈注3〉を知ってるでしょ」

「あの日本軍将校の……」

「そうです。わたしが出獄して病に臥《ふ》せていることを、あの人に伝えてもらえないだろうか」

劉鳳榮は、即座には返答できなかった。すぐ、そのわけを察知した李鍾赫は、

〈注1〉(一八九二~不明)独立運動家。別名を馬徳昌と称す。日本陸軍士官学校卒業後、日本軍に仕官するが、やがて満州に亡命。その後、独立運動に加わるが、奉天で日本官憲に逮捕される。五年間の受刑の後出獄し、獄中で患った病により死亡する。一九八〇年に建国褒章が追叙される。

〈注2〉(一八九七~一九八五)ジャーナリスト。平安北道の鉄山で三・一独立運動の先頭に立ち、その後亡命する。各地で独立運動を行い、数度逮捕され受刑する。一九三六年「朝鮮日報」の記者となり、ジャーナリストとして活躍する。七一年に退社、その後も多くの論文を発表する。

〈注3〉(一八九三~一九七八)軍人。日本陸軍士官学校卒業後、日本軍に仕官する。解放後、韓国軍に任官される。退役後、育英事業家としても活躍する。

「彼とわたしは、今ではかように立場を異にしているが……」

と言って、しばらく苦しい息遣いに堪えていたが、

「彼は友情に篤い男なんだ」

ちらっと劉鳳榮の顔を窺った。その目はどこまでも澄みきり、穏やかであった。劉鳳榮は、しばらく無言で彼の顔を見つめていたが、

「そうでがんすね」

と短く答えた。


李鍾赫は五年の獄苦の末、肋膜炎《ろくまくえん》を患い、京城〈注4〉昭格洞《ソギョクドン》の劉鳳榮の家に衰弱した身を寄せていた。そして数日後、当時、日本陸軍大尉であった金錫源が、劉鳳榮の知らせを受けて、日本陸軍士官学校の同窓生である李鍾赫を訪ねて来た。

二人は互いに顔を見つめて、感慨深げにじわっと口元をゆるめた。

金錫源は、

「意地を張るのも……」

一言吐き出すように言葉をかけると、李鍾赫の骨ばかりの痩せ細った手をむんずと握り

締めた。しかし二人は、これといった話はしなかった。たださりげない二言、三言のやりとりの後、金錫源は同窓生十七名から五円、十円と集めた幾ばくかの薬代を、枕の下に押し込んで戻って行った。

その他に、消息を伝え聞いた尹致昊《ユン・チホ》〈注5〉と朴泳孝《パク・ヨンヒョ》〈注6〉が、各おの五十円ずつ人を介して届けてきた。

李鍾赫は忠清道《チュンチョンド》生まれで、李忠武公《イ・チュンム》〈注7〉の血を引く男である。十代で大韓帝国軍官学校に入学したが、その後、日韓併合により、日本陸軍幼年学校に編入した幾人かの内の一人である。

〈注4〉 現在のソウル。

〈注5〉（一八六五～一九四五） 朝鮮王朝末期から大韓帝国期の政治家。日本帝国末期に日本の貴族院議員となり、解放後親日派として糾弾を受け自殺する。

〈注6〉（一八六一～一九三九） 政治家。朝鮮王朝末期の開化派であり親日派。戦前の日本政府から爵位（侯爵）を受ける。

〈注7〉（一五四五～一五九八） 韓国の英雄。壬辰倭乱（十六世紀末の豊臣秀吉の朝鮮侵略）において活躍した朝鮮水軍の司令官。忠武公は諡号（おくりな）。

その数人の中には、李應俊《イ・ウンジュン》〈注8〉、金錫源らがいる。

彼は、幼年学校の課程を経て、日本陸軍士官学校を卒業したのち、日本軍少尉として任官され、仁川《インチョン》にて帰国の第一歩を踏み出した。

彼のさほど長くはない生涯において、彩りを添えるものがあったとすれば、それは仁川のある実業家の娘と、短い結婚生活を送ったことであろう。

しかし彼は、一女をもうけたのち、離婚の憂き目にあった。その破綻の原因を彼は、劉鳳榮にさえ明かしはしなかった。

彼は離婚に際し、娘を自分の手元におこうと訴訟まで起こしたが、夫人は承知せず、とうとう願いを遂げることはかなわなかった。

家庭生活の破綻と幼い娘との離別は、それでなくとも身寄りの薄い彼を、いっそう孤独へと追いやったようである。

彼は、少尉としてシベリア出兵に従軍した。

沿海州のとある村に駐屯していたある日、一人の朝鮮人民兵の取り調べに立ち会った。

その朝鮮人は、〈露探〉の嫌疑を受けて逮捕されたのであった。〈露探〉とは〈ロシアのスパイ〉を意味する日本軍の隠語である。

これといった抵抗感もなく、坦々と日本軍士官としての教育を受けてきた李鍾赫にとって、〈露探〉として捕えられた同じ朝鮮人の身の上が、とても奇異に思われた。それ故に彼は、刑場に引かれるその朝鮮人に尋ねた。

「お前はどうして、こんな修羅場に首を突っ込んだのか？」

こう尋ねると、〈露探〉は日本軍少尉の身なりをした李鍾赫をまじまじと見つめて、逆に問い返した。

「あんた、朝鮮人だろ」

「そうだ」

〈露探〉は、にやっと笑ったが、

「あんたは、どうして〈ウェノム〉〈注9〉の軍服をまとい、シベリアにまで来てうろつき回っているんだ」

〈注8〉（一八九一～一九八五）軍人。日本陸軍士官学校卒業後、日本軍に仕官する。解放後、韓国軍創設に力を尽くす。

〈注9〉日本人に対する蔑称。

鋭く李鍾赫の目を見射った。

〈露探〉のその一言に、思わず彼は絶句した。

すると〈露探〉は、強張ってしまった李鍾赫を見て、追討ちをかけるかのようにニヤッと笑った。

彼が「しまった」と思い、怒鳴りつけようとした時には、その朝鮮人〈露探〉はルパシカを羽織った背を見せて、すでにその場を離れ刑場に向かっていた。

喉もとまで込み上がった「この野郎！」の怒鳴り声をやむなく、そのまま腹に収めなければならず、その苦々しい思いが胸にこびり付いて半日すっきりしなかった。

その後、李鍾赫の網膜から、刑場へ引かれていった朝鮮人〈露探〉の後ろ姿が消えなかった。

けれどその時はまだ、彼はあまりにも若かった。若かったが故に純朴であり、純朴であったが故に激務の日々の中で、その事件を間もなく忘れ去ることができた。

あるいは、沿海州の荒涼たる自然が、彼のそのような体験を、激動の中では多々ありうる些細な日常茶飯事として、包み込んでしまったのかも知れない。

シベリア出征から帰還すると、既に彼はだれ憚《はばか》るところのない日本軍少尉にもどっていた。

その彼をして、自分の生きざまに疑問を抱かせ、苦悩の末に日本軍を去らせたのは、三・一独立運動である。

三・一独立運動が勃発したとき、彼は名古屋の師団であったろうか、そこで中尉として勤務していたが、最初は騒擾《そうじょう》の一事件として受けとめていた。

燎原《りょうげん》の炎の如く、しだいに韓半島全域に拡がる〈騒擾〉で、彼は数多くの同胞が死んでゆくのを知った。

そして、殺戮《さつりく》が日本の守備隊と警察の手によってなされているのが判ったとき、もしも自分がその守備隊の士官であったならば、どう身を処さなければならなかったかを考えあぐねた。

日本軍士官としての任務を遂行するために、自分は果たして同胞の胸に銃口を突き付けたであろうか。それとも、任務を放棄して、部隊を離脱したであろうか。

そう思い悩みながらも、自分が、〈騒擾〉を起こした同胞の側に加わることまでは、とうてい考えられなかった。

なぜなら、今や彼は、紛れもない日本軍士官であった。

それ故、同胞を殺戮するか、任務を放棄するかの二者択一のわくの内で、深く思い悩んだ。

〈騒擾〉は一ヶ月半ほどで鎮圧されたが、今回はシベリア出征時とは異なり、李鍾赫は再びだれ憚るところのない日本軍中尉にはもどれなかった。彼の心の中で生じた〈騒擾〉は、鎮圧されるどころか、広くそして深く染み込んでいった。

すると、目に映る周りの全てが、くすんで見えはじめた。

今まで砦と思っていた兵営は陰惨な監獄と感じられ、眩《まばゆ》い緑の軍服は灰色と変るように、太陽の下でもその光に劣らず燦爛《さんらん》と輝くように感じられた士官肩章の黄金の星が、月光の下でさえも光を失ったかのように思われた。

今まで誇りとしていたものが、どうしてこうも恥ずべきものへと変ったのであろうか。

数ヶ月後、日本朝鮮軍司令部がある京城に配属された彼は、以前とは異なり、がくっと肩をおとし視線を地面に向けたまま、同胞が行きかう通りを、さながら主人を亡くした犬のようにとぼとぼと歩いていた。

早く、どこか、同胞に見られない所へ身を隠してしまいたかった。晴れた日は気が重く、曇りや雨降る日の方が楽だった。朝になるや、陽が落ちるのを待った。

再び玄界灘を渡り原隊に復帰すると、彼は原因不明の病気を理由にして、予備役へと編入してしまった。

彼が日本軍を去ったわけを、別の角度から考えてみよう。俗な見方をすれば、軍務自体に嫌気や倦怠を感じたからではなかろうか、あるいは士官としての能力に自信を失ったのではあるまいか、だから軍人としての前途に危惧を感じたのでは……。純然と軍務自体に限って考えたことではあるが。

しかし、除隊後の身の処し方をみれば、そんな疑惑は一瞬にして吹き飛んでしまう。軍服を脱いで京城へ戻った彼は、大きな行李《こうり》を一つ、劉鳳榮に預けたが、その中には日本軍の兵書がびっしりと詰まっていた。

数日後、彼は満州へ発ったが、劉鳳榮に何とかしてこの兵書を自分に送り届けてもらえないだろうかと頼みこんだ。

劉鳳榮は彼が満州に発ったのち、身内の引越し荷物に忍ばせて行李を奉天《ほうてん》へ送った。

満州で李鍾赫は本名を捨てた。日本軍士官時代の李鍾赫の名が、忌まわしかったせいかも知れない。

その時から、彼は馬大人《マ・テイン》あるいは馬徳昌《マ・トクチャン》という名で、柳東悦《ユ・トンヨル》〈注10〉が当時主宰していた参議部軍事委員会に加わった。

彼はそこで日本軍の兵書の翻訳と、満州各地の朝鮮人同胞の軍事訓練に心血を注いだ。それが、彼の生きざまの全てとなった。

満州の北間道《ブッカンド》から西間道《ソガンド》を東奔西走している間に、ふと彼の脳裏に甦《よみがえ》り、しんみりとした人間的感傷に囚われることがあったとすれば、それは仁川の離婚した妻のもとに残してきた娘への想いであったろう。

そんな中で彼は、シベリア出征時に出会った朝鮮人〈露探〉を、時おり思い出した。すると、

「あんたは、どうして〈ウェノム〉の軍服をまとい、シベリアにまで来てうろつき回っているんだ」

じろっと自分の顔を見やりながら、〈露探〉が投げつけた一言が彼の耳元を打ち据えた。

そんな時、

「どうだ、俺は〈ウェノム〉の軍服を脱いだぞ」

遥かなる満州平原のどこかに向かって、その〈露探〉を目の前にしているかの如く呟い

てみるのであった。すると気持ちが、ずっと軽くなった。

その〈露探〉と三・一独立運動に蜂起した同胞とがいかなる関連を有していたかは、はっきりとはしなかったが、〈露探〉の一言は、どうしたことか同胞の全てが自分に与えた言葉だと思わざるを得なかった。

そして、「うろつき回っている」と言うところは、その時も今も同じだと思われた。

自分に委ねられた軍事委員会の任務に、寝食を忘れて没頭すればするほど、余りにも微弱な自分の力を悟らされた。

満州に散らばっている同胞を訪ね回って、彼は、しだいに軍事訓練以前に解決しなければならない問題が、同胞たちの貧しさであることを痛切に感じた。

しかし、一介の軍事指導者にすぎない自分は、貧しさを解決するどころか、彼らの乏《とぼ》しい懐から訓練銃一丁でもはたき出さねばならず、貧しさの中に入り込んで彼らの米粒を減らさなければならなかった。

〈注10〉（一八七七～不明）独立運動家。日本陸軍士官学校卒業。三・一運動後、上海臨時政府の軍務総長となる。解放後、初代統衛部長として韓国軍創設に力を尽くすが、朝鮮戦争時に行方不明となる。

何時であったか、彼は柳東悦に苦しい胸の内をぶちまけた。

そんな馬徳昌を見て、柳東悦はしばし心が揺らいだが、

「どうでしょうかね。我々がなさねばならないことは余りにも多く、かつ全てが急を要します。今は目を瞑《つむ》って、軍事委員会から任された仕事に熱中する他はないのでは……」

と諭した。

寂しくて心が落ち着かないとき、彼は仁川にいる幼い娘に宛てて手紙を書いた。けれど、返信の便りを受け取ることは一度もなかった。

やがて馬徳昌は、奉天で日本官憲に捕えられた。一九二七年秋のことである。彼は、直ちに平壌《ピョンヤン》へ移送された。

当時、朝鮮独立の闘士が逮捕される場合は、たいてい日本官憲の手先となった朝鮮人密偵の密告によるものであったが、馬徳昌の場合もそうであった。

しかし彼は、その密偵を憎みはしなかった。否、憎めなかった。何かことが生じるたびに、かつての自分を思い起した。十代の少年期に、日韓併合の時代の流れに従って、日本陸軍士官学校に編入しそして卒業したが、日本軍士官としてシベリアにまで出征した自分の半生を、弁明しようと思えばできなくはなかった。その時、その年齢で大義にもとづき

判断し、自分が進むべき道を選択できるだけの能力を備え得るわけがなかった。

けれども、そんな苦しい言いわけをしても、名分は立たないと思われた。

数年間、自分は日本軍の軍服を身にまとい、肩を怒らせ風をきって同胞の中を歩いていたではないか。

三・一独立運動であれほど多くの同胞が殺されたとき、自分はどちらの側に立っていたのか。

遅ればせながら自分は軍服を脱ぎ捨てたが、自分を密告した密偵には改心の可能性がないと、どうして断定できようか。

彼は、その密偵に過去の自分を見る思いがして、寒々としたものを感じるのであった。と同時に、慌ただしく激変する状況の中で、いまだ「うろつき回っている」同胞の一人である密偵に、限りない憐れみを感じた。

そして、密偵のように捕える立場ではなく、捕えられる立場になった自分に、祝福を与えたかった。

憲兵隊は、馬徳昌とは紛れもなく日本陸軍中尉であった李鍾赫であることを知り、衝撃を受け、ことを重大視した。

朝鮮人現役軍人に対する見せしめのためにも、重刑に処す方針を立てた。しかし、裁判官たちは、法に規定された賞勲の特典を無視するわけにはゆかなかった。

馬徳昌は、シベリア出征による賞勲が酌量されて、懲役五年の言い渡しを受け、平壌刑務所にて服役することになった。

馬徳昌は五年の懲役を、日本人裁判官が下した判決とはとらえず、天が自分に科した審判と受けとめた。五年という期間は、彼が日本軍士官として服務していた歳月と、偶然にも一致している。

彼は、五年の懲役を、日本軍士官として服務した五年間に犯した誤りを贖罪《しょくざい》させる天の命であると信じた。

それ故に彼の服役態度は、修道する聖者の如く真摯《しんし》であった。刑務官たちは、過去の経歴に鑑み、ある種の畏敬の念を感じ、また囚人たちは同じ獄に収監された独立闘士を心から尊敬した。

けれど馬徳昌は、囚人たちがおくる尊敬の念を、むしろ恥しく思った。そんな彼は、囚人たちと接しながら、徐々に彼らの立場を理解し、同情するようになった。

彼が囚人に、どうして刑務所に放り込まれたのかと問えば、幼子のように羞恥に顔を赤らめて、「盗みをしまして、お恥しい限りです」と蚊の鳴くような声で返答するのであった。

恥じ入る囚人を見るにつけ、馬徳昌は破廉恥罪を犯したのではなく、堂々と世渡りをしてきた自分が、むしろ悔やまれた。自分はこの人たちと比べれば、平坦な青春を送ったのであろう……。

もし自分が貧困と汚辱の中で育ったとしても、破廉恥罪を犯しはしなかったと、どうして断定できようか。いや、盗みを犯しても恥じるどころか、「世の中が悪い」と責任転嫁するのに躍起《やっき》となりはしなかったであろうか。

そう考えると、囚人たちが羞恥で顔を赤らめるのが、この上なく尊く思われた。そして彼らが独立闘士におくる無条件の絶対的尊敬の念は、自分にとっては相応しくない月桂冠であると感じられた。

彼は、満州平原のあちこちで直接目にし、また監獄の中で生々しく感じた同胞の貧しさについて、深く考えさせられた。

自分が犯した行為に幼子のように顔を赤らめる彼らが、あえて犯さなければならなかった理由の、その責任は、果たして誰が負わなければならないものなのか。

そう自問すると彼は、同胞を「日帝」の鉄鎖《てっさ》から解き放たねばならないと胸中固く誓い、自分の軍事的使命を心新たにするのが常であった。

だがその誓いには、ある疑問が付きまとっていた。軍事的行動の踏み台とならねばならない彼らにとって、行動以前の前提が、即ち貧困の解決ではないのか。

そんな思いは、彼が満州平原を東奔西走する中で、そこに住む同胞の生活状態を見た実感から生じたものだ。

彼は呻吟《しんぎん》の如き熟慮をくり返しながら、服役後自分がなすべきことは、あるいは軍事活動ではないのかもしれないと考えた。

この囚人たちと同じ境遇の同胞の中へ、飛び込んで行くことではないのかと……。

聖者のような馬徳昌の服役態度をじっと見つめてきた日本人教誨師《きょうかいし》が、二年ほど経ったある日、彼をそっと自分の部屋に呼んだ。そして、彼の人柄を称えた後、

「どうですか、とても辛いのでは」

と慰めの言葉をかけて、

「刑務所の職員も皆、感心しておりますが、どうでしょう。これぐらいでここを出られる考えはありませんか?」

思いもよらない提案に、多少驚いた馬徳昌は、

「まだ服役期間は三年も残っております」

と言葉を返した。すると教誨師は少し口元をほころばせて、

「いいえ、あなたに特赦《とくしゃ》の恩典を施そうという、好意的な意見が出ております」

と話した。

その瞬間馬徳昌は、今まで自分の心の中で堅固に積み上げてきた塔が、突然音をたてて崩れてしまうようで、一瞬軽い目眩さえ感じた。彼は言下に問い直した。

「わたしに特赦を、ですか?」

「はい」

教誨師は余裕ありげにもう一度そっと笑ってみせたが、直ぐ真顔になって、

「その代り、ひとつ確かめたいことがあります」

「……」

「服役して、あなたはどれだけ前非を後悔されたでしょうか」

教誨師のその言葉に、馬徳昌はいつの間にか緩んでいた心の弦が、ピーンと張り響くのを感じた。

「たいそう後悔されたと見受けますが、直接あなたの口からそれを聞かなくては、特赦の申請はできません」

馬徳昌が目を伏せてなかなか口を開こうとはしないのを見ると、教誨師は再び口元に微笑を含めて、

「すぐここで返答しにくいのなら、それでは、次回に聞かせていただきましょう。難しく考えれば益々難しくなりますが、『間違っておりました』とひと言だけおっしゃれば、特赦を受けられるはずです。大様に考えて、次回には必ず良い返事を……、我々の好意を無にしないで下さい」

と言って椅子から立ち上がった。馬徳昌も彼に従い立ち上がり、そそくさと教誨師の部屋から退いた。

自分の独房に戻った彼は、一晩まんじりともせずに夜を明かした。

監獄に閉じ込められた囚人にとって特赦とは、世間の人々が到底想像することのできない興奮をよびおこす魔力を持っている。

特赦など考えもしなかった囚人にとって、大袈裟かもしれないが、それは天地開闢《てんちかいびゃく》にも匹敵する大衝撃である。

馬徳昌が先ず思いやったのは、仁川にいる幼い娘であった。こうしていては駄目だと悔やめば悔やむほど、しきりに脳裏に浮かび上がるのは、もう八才になったはずの、けれども自分には未だ二才の姿でしか思い出されない幼い娘であった。会いたかった。じっと抱きしめて、その柔らかくて暖かい肌と体温を感じてみたかった。

すると冷たい独房の中に横たわった自分の身体が、まるで銑鉄《せんてつ》でも溶かしたかのように熱くなるのを感じた。頭がくらくらして手足が痺れた。

そうする内に、彼は思考の角度を変えてみた。自分が監獄を出れば、なすべき価値のある仕事があるのではないのか。中断された軍事的任務と同胞の貧困を克服しなければならない仕事が、泰山《たいざん》の如く積まれているのではないのか。

出獄しなければ、そのためにも出獄しなければ。敵を欺《あざむ》くことも戦術のひとつであろう……。

しかるに、悔い改めましたのひと言ぐらいが、間違っておりましたのひと言が、教誨師に言えないのはどうしたことなのか。

そんな気持ちの揺らぎが心の奥にとどくと、彼の脳裏に浮かび上がるのは、常に尊敬の念で自分を見つめる囚人たちの多くの視線であった。

そこで彼は、がらがらと崩れ落ちようとする心の緩みを感じ、しだいに冷静さを取り戻した。

わたしは、何か考え違いをしているのではないだろうか。獄苦に疲れ、教誨師の罠に嵌《は》まりかかったのではないだろうか。あるいは、教誨師の人間的では有り得ない人間的な好意というものに、過ぎたる感傷を感じたのではなかろうか。その上、今まで守ってきた信念に泥を塗りながら、その信念を守り続けようと考えるとは。それはここから脱け出したいがための、お粗末な言い訳にすぎないのではないのか。

あの時わたしが間違っておりましたと、今は悔い改めましたと教誨師に頭を下げれば、仲間の囚人は何と思うだろうか。わたしは、彼らを裏切ることになるのでは。それでは、もっと重い破廉恥行為を犯すことになりはしまいか。

そう考えると馬徳昌は、独房に横たわり一人赤面してしまった。

それはできないと思われた。よしんば仲間の囚人たちが、わたしが膝を屈した事実を知らないとしても、そうするわけにはゆかないと思われた。

他人は欺けても、自分を欺くことはできなかった。一度自分を欺けば、一生その呵責《かしゃく》にさいなまれそうだった。

馬徳昌は再び自分を取り戻した。そして、静かに目を閉じた。すると、閉じた瞳から一筋の涙が流れ落ちた。

数日後、平壌刑務所でひとつの事件が生じた。一人の囚人が絶望的な脱獄を試みたが、狙撃されて亡くなったのであった。

彼がなぜ、到底脱獄できそうにない監獄の塀を越えようとしたのか、その理由は、囚人たちの口から口へと伝えられ、瞬く間に監獄中に広まった。

出獄を待っていた妻が、待ちきれずに家を出たという噂を伝え聞くや、狂乱状態に陥り、絶望的な脱走を敢えて試みたというのである。

それを知った馬徳昌は、数日前教誨師から特赦の話を聞き、まんじりともせず一晩明かした自分がみっともなかった。

ここを脱け出したいのはわたしだけではないだろう……。さらに、妻の不貞で離婚した彼には、絶望的な脱出を敢行したその囚人の心情が、痛いほどよくわかった。

ふうっと、幼い娘に会いたい思いが激しく胸に湧き上がると、彼はその思いをぐっと押さえて必死にこらえた。

それから二週間ほど経ったある日、教誨師が再び彼を自分の部屋に呼んだ。そして、好意のこもった眼差しで彼に尋ねた。

「どうでしょう。今日は良い返事を聞かせていただけるはずですね」

教誨師はにこっと笑ってみせた。

「よく考えてみました」

「そうですか」

「ご好意はありがたく思いますが……」

「ええっ？」

「わたしはやはり、服役期間を全うすべきでしょう」

当然、「わたしが間違っておりました」と馬徳昌が答えるだろうと思っていた教誨師は、驚いてしばし呆然と見つめていたが、

「いや、どうしてなんですか？」

じわっと眉間をしかめて、

「わたしが間違っておりましたのひと言がおっしゃりにくくて、そう言われるのですか？」

「いいえ」

馬徳昌は、さざ波さえ立たない静まりかえった自分の心を称えたかった。

「他人を欺くことはできません」

「いや、そう考えず……。それなら、ここで私一人だけ欺けば、それで済むことではありませんか」

そして教誨師はもどかしげに、

「間違っておりましたとそのひと言だけで、済むのではありませんか」

「はい、そのひと言で済むのでしょう。それはわたしもよくわかっております。それに、皆様方の好意に対しても、そのひと言さえ言ったならばと思いますが……」

教誨師は首を傾げてみせたが、もう一度、

「本当に、そのひと言、おっしゃれませんか」

と、全く理解できない様子で、片方の眉毛と共に語尾をつりあげた。

「申し訳ありません」

咄嗟にそう謝った馬徳昌は、本当に教誨師にすまないと思った。その意図がどこにあろうとも、彼の好意には違いないと思われたからである。

彼らと自分とは考える基盤が異なり、彼らが好意と考えて施す情けを、こちら側は好意として受け入れられない互いの関係が、悲しくさえあった。

だから自分は、彼らの要求する「悔い改めました」とか、「間違っておりました」とは言えなかったけれど、「申し訳ありません」と言ったのは、ガンと突っぱねて拒絶するよりは、むしろ良いことだったと自分を慰めた。

それでもふと、処罰とか、好意を受けたり施したりする必要のない対等な人間関係について考えてみた。

教誨師は口をぎゅっと噤《つぐ》み、視線を外したまま暫し身じろぎもしなかったが、やがてぎこちない微笑みを浮かべて、

「立派なことは、立派なんですが……」

と言葉の先をにごした。一瞬、馬徳昌の身体がびくっと震えた。

「いいえ、そうではないのです。立派なのではありません。わたしは今すぐにでも、ここから脱け出したい。そうして自由の身になって、やり残したこともやりたいし、幼い娘にも会いたいのです」

生唾をぐっと飲み込んで続けた。

「どうかわたしに、立派などとは言わないでください。わたしはこうせざるを得ず、仕

方なくこうするのです」

するとと教誨師は、

「それは先ほど話されたように、私を欺けなくて、そういうことですか?」

「いいえ、それもありますが、わたし自身を欺けないのです」

しばし二人の間に重苦しい沈黙が流れた。

それから暫く経って、教誨師は黙って立ち上がり、手を差し出した。馬徳昌も手を差し出し、彼の手を握り締めると、さっと身を返して部屋を出て行った。

彼は、独房へと続く長い廊下の固い床を踏みしめながら、

「おまえは決して後悔しまいな」

と自分の胸に問うた。すると、今の自分に心残りなものは何もないと思えた。そして作業場へとすれ違う仲間の囚人たちの顔が、今までよりもひとしお親しく感じられるのは、どうしたことかと不思議であった。

その後、教誨師が特赦の話を持ち出すことは、二度となかった。馬徳昌は、特赦で釈放される囚人たちを見送るたびに、ある種の寂しさを感じはしたが、さりとて自分に施されようとした特赦を辞したことに、悔いはなかった。

服役満期一年を目の前にして、彼は肋膜炎にかかった。獄苦に病苦が重なり、彼はひどい苦痛に悶《もだ》えた。しかし、せっかくの好意を拒絶されたのが気にくわなかったのか、あるいは意地の悪い刑務官が担当に代ったせいであろうか、刑務所当局は彼の病苦に対し冷淡であった。

医者の診察を受けることはできたが、ろくすっぽ薬を与えられなかった彼は、日増しに目に見えて衰弱していった。病棟に移されても、胸に溜まった水さえ抜いてはもらえなかった。けれど馬徳昌は一言も不平を言わず、苦痛を耐えぬいた。

病の苦しさから、ともすれば気弱になる彼を支えてくれたのは、かげに日向に気遣ってくれる囚人たちの友情であった。

今このとき彼は、心に一点のくもりもなく、肋膜炎の苦しささえも、当然の報いとして受け入れようと思っていた。

刑期を終えて出獄する日、彼は担架にのせられ獄門をくぐり抜けた。

彼が昭格洞の手狭な劉鳳榮の家から、典洞《チョンドン》の安宿に移った直後、離婚した妻に委ねておいた娘が、すでに一年前に亡くなっていたという悲報を聞いた。

あれほど気丈な彼も、その時ばかりは劉鳳榮の手をとって、声をあげて泣いた。病は骨髄にまでいたり、治療を受けてもなかなか快方には向わず、有志と同窓生たちの厚意の援助にも限界があった。

思いあぐねて劉鳳榮はある日、今の状況を新聞で同志たちに知らせようと、彼に提案した。彼は素直に劉鳳榮の意見にしたがい、朝鮮日報社を訪れ、写真も撮り、記者の質問にも丁重に答えた。

しかし、劉鳳榮の期待に反し、同志たちは援助に現れなかった。もうその頃は、独立闘士に対する日本官憲の追及は過酷をきわめ、志ある者はみな逮捕され、さもなくば遠く中国へ渡り地下に潜んでおり、連絡することさえままならなかったのである。

ほとんど治療費が尽きた頃、平安北道の宣川《ソンチョン》から一人の篤志家《とくしか》が現れ、彼を宣川に連れて行った。

その篤志家が誰なのか、ここで名前を明かさないのは、彼が下心のある処世家であったがためである。

当時の状況からして理解はできるが、その篤志家は、日本の官憲にも取り入り、独立闘士にも目をかける、「二足の草鞋《わらじ》」を履いて生きることを処世とする人間だったと言おうか。

少し時が流れ、日本の官憲による支配・秩序が徹底された頃ならば、あるいは馬徳昌―李鍾赫の面倒を見なかったかもしれないと考えられる。

思えば、平壌刑務所の教誨師の好意と似ていたが、否それよりも優った好意には違いなかった。李鍾赫を宣川に連れて行き、死ぬまで看護したのは立派なことだと言わざるをえない。

ただ死期に至って李鍾赫が、このような人物の好意にすがらなければならなかったのは、哀れなことだ。

しかし、その篤志家が日本の官憲に取り入ったのは、生きるがためにやむを得ないことであり、彼の真意が独立闘士の側にあったと考えれば、彼の好意はより高く評価されなければならないのかもしれない。

李鍾赫は、宣川に移った三ヶ月後、その地で息をひきとった。

死亡通知の電報を受け、宣川に駆けつけた劉鳳榮は、痩せさらばえた李鍾赫と対面した。痩せこけてはいたが、澄んだその死に顔は、とても安らかであった。劉鳳榮は、膝を折り、深々と頭をたれて礼をささげ、冥福を祈った。

幽界に渡る前の一瞬の覚醒において、李鍾赫は何を考えたのであろうか。別れた妻のことであろうか。それとも、幼くして亡くした不憫《ふびん》な娘を思い出したのであろうか。

未だ分別のつかないまま、一時ではあったが日本軍に身を置いた若い時代を、悔やんで顧みたのであろうか。

シベリアで彼を責めた、あの〈露探〉のことであろうか。

満州平原を東奔西走し、かかわりあった同胞たちの相変らずの貧しさを思ったのであろうか。

さもなくば、平壌刑務所での教誨師との対決を脳裏に描いたのであろうか。幼子のように恥じ入って、彼を仰ぎ見た破廉恥犯たちを懐かしんだのであろうか。

絶望的な祖国の光復〈注11〉を嘆いたのであろうか。

〈注11〉解放

彼を支えてくれた数多くの友人たち、劉鳳榮と金錫源たちの友情をありがたく思ったのであろうか。

挫折した人生を悔やんで、涙を流したのであろうか。

いや、限りなく満ち足りた感慨にひたって命つきたのかもしれない。

再び自分がこの世に生まれても、日本軍士官の時期を除いて ― 否それさえも抗しえないものとして受け入れて、今まで歩んできた道を繰り返し歩むほかはないという諦念《ていねん》を感じながら……。

誰が、李鍾赫 ― 馬徳昌の生涯を蹉跌《さてつ》の生涯だったと言えようか。

彼は、「日帝」末期の過酷な弾圧の中で、堕落し変節していったかつての独立闘士たちとは、全く逆の道を歩んだ。

絶えず自戒し、誠実に歩むべき道を選び、そして一歩ずつ真理に近づきながら……。

孤独な彼の足跡はよく知られておらず、今まで建国褒賞〈注12〉の対象とさえならなかった。しかし今年になって、昔の部下が彼の功績を明らかにし、一件書類を提出したので、遅ればせながら形だけではあるが、彼の魂をねぎらえるであろう。

彼の墓は休戦ラインの以北、平安北道の宣川の町から約二里離れた所にある。彼が亡くなった時、志ある者がささやかな墓碑を建立した。「南」・「北」が統一さえすれば、訪れるのにさほど苦労する所ではないのだが。果たしてその時は、まだ遠いのであろうか。

（訳　小澤正三）

〈注12〉　一九四九年四月、韓国大統領令により制定される。祖国の独立と建国に顕著な功績のあった者に授与された。

火花

第一部

山また山。どこまでも続く山並みとうねる渓谷。永劫の静寂。はるか彼方、北から南に流れる渓谷がまるで青いビロードをかけたかのように柔らかい光に輝いていた。

ところが谷あいを覆っている潅木《かんぼく》の下には荒々しい岩が獣のように伏せており、底には手のきれるような水が流れている。この渓谷が見下ろせる西方、プオン山の頂。そこに洞窟があった。洞窟を背にして高賢《コ・ヒョン》は座っていた。骨の髄まで岩の冷たさが貫く。陽が山に蔭り始めると、こちらを覆っていた陰は、しだいに向かい側の山肌を染めてゆく。あの青黒く生い茂った松林の中に、曾祖父の墓が見え、そこから視線を北に向けると、目には見えない汚辱の刃《やいば》が、果てしなく続く山々を南北に切り裂いている。今はその痕跡があるのみ。砲声と共に、血を噴きながら南へ移って行く汚辱の刃。汚辱、人間が大地と人に加えた汚辱。

ヒョンは顎《あご》を撫でた。獣のように人目を避けて逃れた時のながさが、顎と首筋に表れていた。たわしのような感触の顎ひげ。首筋まで覆っている髪の毛、そして胸には無数の棘。

この洞窟に這い上がって二時間。たった今しがた小銃の手入れを終えた。ふた月あまり、布で包んで洞内に隠していた小銃は、萩の木を差し込んでおいた弾道以外は殆ど赤錆びていた。

エッセッセエル（ＣＣＣＰ）ソ連製Ａ式歩兵銃。そして錆びた三発の銃弾。手の平に冷たくずしんとくる感触。

ヒョンは、膝の上で小銃の肩ひもをそっとさすってみる。カチッと引き金の銃身を打つ音が響いた。恐ろしい死のような静寂が全身を襲う。

すうっと風が流れた。岩に生えた草がゆっくりと揺れる。そして草むらから虫の声が響く。急に心細さがヒョンの胸に迫って来た。その心細さを押さえつけるかのように、両腕を胸の上に載せた。ポトンと天井から落ちる水滴の音。彼は、暗く静まり返った洞窟の中を窺った。

三十一年前、まさしくこの洞窟の中で、二十四年という短い生涯を終えた彼の父。

一

一九一九年三月上旬〈注1〉。日曜日でもないある日の午後。ソウルから北に十里離れたP郡。小さな教会の中で、男女の信者三十名余りの静かな集会が開かれていた。

年老いた信者が立ち上がり、手を組んで首をうな垂れると、他の信者も席に着いて目を閉じた。老人の祈りの声が、天井に響きわたり、ときおり信者の口からはアーメンの声。

祈祷《きとう》を終えた老人は、風呂敷包みを解いて、きちんと折り畳んだ布切れを一枚ずつ分け与えた。信者たちは無言でそれを広げ、そして見つめる。それは三色に染められた太極旗。一人の若者が、切り揃えられた竹竿《たけざお》の束を持って来る。全員、何もいわず竿に旗をくくりつけ、ある者はそれを静かに左右に振り、またある者はぎゅっと握りしめる。

一行は静かに外に出て行く。信者たちの敬虔《けいけん》な顔に、俄かに緊張の色が浮んだ。教会から大通りに出ると、旗竿を配っていた長身の若者が先頭に立った。決意に満ちた顔を紅潮させ、若者はさっと両手を挙げて万歳を絶叫した。彼の後を三十余名が従った。

「大韓独立万歳《マンセー》!」一行の足取りは、進むほど速くなり、喉が裂けるような万歳の声。万歳の波が途切れると、とり憑れたように興奮した調子の讃美歌が後に続いた。

「信じる者よ！　兵士のごとく主の後ろに従って進もう！」

このときならぬ万歳の声に、扉を開けた人々は目を見張った。ある者は驚きのあまりあわてて扉を閉じた。ある者は我知らず外に飛び出し、狂ったように万歳を叫び後を追う。蒼ざめた顔。裂けた口。ふらついた足どり。感動と恐怖に満ちた目、目、目。

警察署に近い米屋の前に群集が押し寄せて来た時、喉から絞り出された万歳の声は、まるで泣き声のように聞こえる。警察署の塀の上には、押し寄せるようなこの群衆を待つ冷たい銃口が陽の光を受けて輝いていた。

米屋の前で、群集の先頭に立つ長身の若者を見て、こぶのある主人が「アッ！」と驚愕《きょうがく》の悲鳴をあげた。首にぶら下ったこぶが、ぶるると痙攣《けいれん》を起こす。手足が震えて目の前が真っ暗になった。

「あいつ、あいつめが！」と喚《わめ》こうとしたが、その声は喉の奥で引っかかって出てこない。何かの塊が、頭をぎゅっと押さえつけているかのようであった。「アイゴー」と主人はその場にぺたりとへたりこんだ。

〈注1〉　三・一運動をさす。

すると悲鳴のような万歳の声に混じり、弾けるような銃声がけたたましく聞こえた。

「これで家系が絶える」

主人は胸を掻きむしった。バシッとむしり取ったチョゴリ〈注2〉の紐が、震える手の中に残った。

豆を煎るような銃声が聞こえた。万歳の声が、張り裂くような悲鳴に変り、バタバタと散り散りに逃げて行く足音が耳に入る。

銃弾を受けて血を流しながら、あたりの店や路地に駆け込む群集。銃弾がその背中を追いかける。主人はぐっと気を引き締めた。すくっと立ち上がり、ポソン〈注3〉のままで駆け出すと、店の扉にさっと手をかけた。そして狂ったように扉を取り外し、外に投げつけ始めた。最後の一枚を投げ終え、身体をかがめて奥に通じる扉に手をかけたとき、がらんとなった店の中に銃に追われた数人が駆け込んで来た。

驚愕で目が引きつった主人は、米のすりきり棒を持って、「ギャーッ」と獣のように叫びながら襲いかかった。

「出て行け！　さっさと出て行け！」

喉に引っかかりながらも出てきた喚き声。主人のこの気勢で、彼らは再び外に飛び出した。その内の一人が店の前で銃弾を浴び、どぶに身体を突っ込んだ。

主人は、はたと、店の真中で足を組み、せわしげに膝を抱えると、震える手でキセルを引き寄せ火をつける。目を堅く閉じて、ぷかぷかタバコを吹かした。発砲しながら群集を追いかけ、店の前までやって来た警官たち。険しく歪んだ顔でじろりと中を覗き込んではそのまま走り去った。その都度、片目をそっと開けた主人は「ふー」っと溜息をついた。

一時間後、血まみれの屍が転がっている道路を、縛られた群衆が犬ころのようにぞろぞろと引かれて行く。警官は、傷つき引きずる者たちの足を銃床で打ち据えた。

恐怖と死の影は、数日間この村にずっしりと覆い被さっていた。八名が命を落とし、二十余名が傷つき八十名余りは警察署の留置場や廊下に、それでも足りず、馬小屋にまで次々と収容された。一晩中聞こえてくる鈍い呻《うめ》き声。

先頭で万歳を絶叫していた若者は、銃で撃たれた足を辛うじて引きずりながら、友人二人に抱えられ、四里離れたプオン山の頂にある洞窟に身を隠した。出血がひどい。四里の

〈注2〉　上着
〈注3〉　朝鮮の足袋。

道程で炎症が生じたのだ。朦朧《もうろう》とした意識の中で、苦痛に耐える若者の顔には次第に死の影が忍び寄る。一晩中呻き通して夜が明けるや、友人が汲んでくれた凍るような冷たい水を口にして、命尽きてしまった。

翌日は雨だった。生き延びた二人は、追って来た警官の手に捕えられ、若者の死体は父親に引き渡された。若者の父親である米屋の主人は、涙ひとつ流さず、息子の死体を共同墓地に埋めた。彼は亡くなった息子を憐れむというよりは、むしろ憎んだのだ。

「これはわしの息子ではない」と冷たくきっぱり言い放った彼の一言は、日本の警官の手前だけの言葉ではなかった。親に先立つ息子は息子ではなくて、人でなしだと言うのである。実家に戻っていた嫁は知らせを聞いて、何度か失神したあげく、辛うじて身体を支えながら駆けつけ、夫の墓の前で夜を明かした。その朝、人々が墓を訪れたとき、土まみれになった彼女は、殆ど魂のぬけ殻同然であった。

二十歳で未亡人となった彼女は、実家に戻り九ヶ月目に息子を産んだ。その子を「賢《ヒョン》」と名付けた。

幼子を抱いて嫁ぎ先を訪れた彼女は、舅が三月《みつき》前に後妻として迎えた若い姑に、頭を下げて丁重に挨拶をしなければならなかった。

息子の嫁を連れて共同墓地を訪れた帰り道、「ハア、ハア」と息を切らす舅。産後まもない嫁は、足取りをふらつかせて玄関に入るなり、ゴボッと喉から血を吐いて倒れかかる舅を、支えなければならなかった。

三日ぶりに心を落ちつけた主人は、嫁に孫をここに置いて実家に帰り、時を見て再婚するようにと言った。しかし嫁は夫と共に暮らし、そのうえ夫が亡くなったこの地に留まる決心を既にしていた。嫁は静かではあるが、はっきりとした口調で舅の言い付けを拒んだ。そのときから、ヒョンの母の、血と汗と涙に滲んだ三十年余りにわたる忍従の人生が始まった。

二

米屋の主人はこの一年の間に、顔に深いしわが俄かに刻まれ、髪と顎鬚《あごひげ》が白くなってしまった。

彼は高老人と呼ばれるようになった。

高老人は成長するヒョンに冷たく接しているかのようであったが、人知れず可愛がった。ヒョンが男の子であったからである。しかし、ヒョンを見る老人は、幼い彼に、ときおり暗いかげを感じるのであった。思いがけず、あのように亡くなってしまった息子。その息子の命を運命的に受け継いで生まれた孫。

高老人は息子が亡くなった翌年の秋、P郡から二十里余り離れた所に祠ってあった亡き父の墓を掘り返し、プオン山から見渡せる日当りの良い山の中腹に、骨を移葬した。亡き父の墓のせいで、息子に災いが及んだのだという年老いた風水師の話を信じ、老人はこれでもう大丈夫だと固く奥歯を噛み締めた。

翌年の冬、老人には次男ヨンソンが授かった。再び冬が訪れる直前に、亡き長男の骨を先祖の墳墓の下方に移した。

それはヒョンという血を遺し、成長するヒョンに期待できる兆しがうかがえたからである。しかし嫁には厳しかった。先ず息子が死んだ責任の半分は、嫁の持って生まれた星回りのせいであり、そのうえ若い未亡人はいつどうなるか信じられないというのだ。彼は元来、女というものに一文の値打ちも認めていなかった。

高老人がヒョンに分け与えた川向こうの田畑数枚が、母の手を熊手のようにしてしまった。

母は殆ど人の手を借りずに土地を耕し、幼いヒョンは紐に結ばれて、畑の畝《うね》の端にある木の下で遊んだ。陽が落ちて暗い道をたどり、ふた間きりのわら屋に戻ると、心に染み入る寂しさが、酷使された手足をさらに疼かせた。夕飯をすませて横になると、あまりの疲れで呻き声をあげた。呻き声は時として泣き声となる。

高老人は今までどおり米屋を営みながら、ときおり思い出したかのように川を渡ってヒョンを見に行った。何時のまにか、ヒョンは祖父が黙ってチョゴリの紐に結んでくれる銅銭のにおいを祖父のにおいと感じ恋しがるように育った。

過酷な暮らしの中、母の心の拠りどころは、ヒョンが成長する喜びであり、高老人の目を憚《はばか》りながら、日曜日毎に訪れる教会の福音であった。

教会に入れば、彼女はそこで何時も夫の匂いを感じることができた。高い天井に響き渡るオルガンの奥深い旋律。主を讃える賛美歌と、敬虔な祈りの声。天国の安息の場ではなく、この場で夫に会うことができたのだ。

賛美歌の調べに夫を感じ、祈りの中で描く夫の姿。幻想ではあるが、それはより近くにあって、傷ついた心と酷使された手足の痛みを忘れさせてくれるもの。母はこのように週に一度、教会で夫と対面をしていた。

「とても辛いわ」

「さぞかし苦労しているのだろうね」

「見てください、ヒョンはこんなに大きくなりました」

「君が手塩にかけてくれたからね」

「いつになったらあなたの傍に行けるのでしょうか」

「ヒョンが僕そのものなのだ。僕はいつも君の傍にいるのだよ」

「私を助けて。耐えられないことが多すぎて」

「主が助けてくださるはずだ。主はすべてを見守っていらっしゃるのだから」

ヒョンへの愛。夫に対する思慕。そこに主の深い恩恵があった。

ヒョンが四才になった年の秋。

高老人は、母に、ヒョンをこれから先も教会に連れて行くなら、おまえには任せられないと言った。そのときから、日曜日毎に祖父の米屋で遊ぶヒョン。幼いヒョンにとって父という概念はあまりにも朧《おぼろ》げなものであった。お父さんはあの遠い天国にいらっしゃるという母の話。青い空、流れる雲と天の川。

彼は父《てて》なし子というどうしようもない侮蔑よりも、むしろ祖父の首にぶらさがったこぶをからかわれた時の方が、ショックがより強烈であった。

ある日曜日、祖父のこぶをからかう近所の子供たちに猛烈にはむかい、顔から血を流しズタズタに服を引き裂かれたことがあった。

祖父の名誉のために闘った誇らしさに、彼は胸をはって祖父にわけを話し、内心褒めてもらうことを期待した。ところが祖父の口から出たのは意外にも叱責の言葉。

「なんだと？　こぶ？　それで喧嘩だって……こんなざまになって誰とだ？　何？　金さんの息子と？　そんな！　どうして喧嘩なんだ、頼むからおまえの父のように……」

あたふたと店を出て行く祖父の後姿を見つめる幼いヒョンの胸に、思いもしなかった不安が押し寄せた。祖父に浴せられた侮蔑。憤然と立ち上がった行動の動機。勇ましかったあのときの対決。理解しがたい祖父の心の悩みと怒り。それはまるで飼い主に危害を加える相手に跳びかかったのに、逆に飼い主に棒で叩かれ、しっぽを垂れる犬のような疑いと幻滅の感情。

それ以後ヒョンは、そのような場に出くわす度に黙って引き下がった。初めは耐えがたい苦痛だったが、むしろしだいに一種の快感さえ感じるようになった。

彼が十才を過ぎると、ときおり亡くなった父のことを尋ねた。そんなとき、母は焦点のさだまらない視線で、思慕と誇りに震える声で言い聞かせた。

「本当に立派な方だった。情が篤かったし、正しいことのためには何ごとも恐れることはなさらなかった。夜学を創り子供たちに教えたり、気の毒な人を見過しにはされなかったわ。そしてこの村で、おまえのお父さんほど立派な方は誰もいなかったんだよ」

そしてヒョンの顔をまじまじと見つめて、その目と口元のあたりに亡くなった夫の面影をかいま見て「お父さんに会いたければ鏡を見てごらん」と言って指でヒョンの頭をトントンと叩いた。

不憫《ふびん》で愛しい私の息子。たった一つの私の命。

そうした母にとって、亡き夫に対する老人の過酷な評価は胸をえぐった。

それはヒョンが十七歳になった年の夏。日差しが強いある日。

老人は息子の墓に供物を広げ、ヒョンには拝礼をさせて、自分は少し離れ、酒をまず一杯飲み干し、もう一杯注いでヒョンに飲めと言った。

母はそれを見て顔を背けた。ヒョンが驚いてためらうと「おまえも、もう飲める年になったのだ」と言って無理やり盃を勧めた。

ヒョンは盃を受け取り、辛うじて飲み干し、むせて咳き込んだ。

「酒は目上の人に習わねばならんのだ。そうしてこそ酒の作法が上品になるというもんだ」

「……」

「この頃の若い奴らは礼儀がなっとらん。新しい学問をしたという奴らは礼儀がなくて困ったもんだ」

「……」

「新学問とか何やかやと言うけれど、文字は自分の名前さえ書けりゃ十分だし、礼儀作法は『明心宝鑑』一冊あればいいんだ」

「ところでおじいさん、お父さんの話をすこし聞かせてください」

「ウーム、おまえの父は賢い人間だった。ひときわ優れていたので、親を凌ぐ人物が生まれたと、少なからず期待していた。しかし言うことを聞かず、キリスト教を信じてから道を誤ったのだ」

高老人は、丘のむこうに、陽を浴びてまばゆくそびえている礼拝堂を眺め、顔をしかめた。ヒョンの母は首をうなだれた。

「その頃からおまえの父は墓所に行っても、辛うじてお辞儀はするものの、どうしても直会《なおらい》〈注4〉はしなかった。お辞儀でさえどこを見てしていたのやら。先祖を敬う美風に背き、我を張ってぶざまに死んでしまったのだ。どこから流れてきたのやら、あの耶蘇《やそ》という神のせいだ」

ヒョンは黙って草をむしっている母を横目で見て、酔いを感じながら重ねて尋ねた。

「しかしお父さんは立派な行いをして亡くなられたと、以前先生もおっしゃっておられたのですが」

高老人は腹を立てて、かっと声を張り上げた。白髪交じりのひげが震える。

「誰がそんなことを言ったのだ。立派な行いをしたって？　父を残して死んだ者が立派だと言うのか。おまえの母を若後家にしたことが立派だと言うのか？」

「けれど、国を取り戻そうとしてやったことではないんですか？」

母がヒョンの袖を引っ張り目配せをした。

「国？　それでその国が何時何をしてくれたのだ？　役人だけがふんぞり返り、民衆の物をねこそぎむしりとり、出さなきゃ尻叩きの刑だ。そんな奴らの国を何が惜しくて取り戻すとか、何だかんだと大騒ぎするのか。国を売ったのも奴らなのに、国を取り戻すと言って何だって自分がしゃしゃり出て大騒ぎをするのか」

「でもおじいさん」

「そりゃ、あのときよりも今の方が暮らし易く、人々も沢山目覚めた。おまえの父が死んだことを考えると胸が痛いけれど。フム、愚かな真似をしよって……。銃剣を持った奴等の前でどんな術があると言うのか。

素手で襲いかかって死ぬとは、狂気の沙汰じゃないか」

「……」

「おまえの父が生きていたならば、母さんだってあんな苦労をしなくても……わしは母さんを見るたびに、父さんはけしからんと思うんだ」

老人の声が湿っぽくなった。

「息子が生きていたならば、この老いぼれも、どれほど安らかなことか。近頃は身体もむくんで、まったく動くこともままならん」

しばらく口をつぐんで、額の汗を拭い、再び怒気をおびた声を張り上げた。

「いいか、おまえの父が立派なことをしただと。自分らは平然と生きて、どうしておま

〈注4〉　供え物を分けて食べること。

えにくだらんことを吹き込むのか。村の奴らを見ろ。父さんが死んで、助けてくれる奴が一人でもいたか。こんな奴らの世の中なのだ。父さんを撃ったのも日本の奴らではなく、手先として働いていた同じ朝鮮人だった。おまえが公立中学にも行けず、私立に行くようになったのもそのせいじゃないか」

ヒョンの後ろで、母のこらえようとしても、もれ出るむせび声が聞こえてきた。

「人は道理に従わなきゃならないものだ。国を奪われたことが良いはずもなかろうが、跡取りが本来の役目を果さず、家を滅ぼしてもいいのか。それでいつ国が民を助けてくれた？　成り行きに従い、自分のことは自分の手で処理しなきゃならないんだ。頼りになるのは自分以外にはないからな。人のために指一本動かすこともないし、爪ほども他人の助けを望むこともない。自分の甲斐性で自分の生活をしなきゃならん」

高老人は話をやめてヒョンの母に視線を移した。しばらく沈黙が流れた。

「ちょっと言いすぎたようだが、言ってみればそういうことだ」

老人は煙草を一服吸って、エヘン、エヘンと何度か咳ばらいをした。

「さあ、家に帰ろう」と言って、先に立ち上がり、後ろも見ずにさっさと降りて行った。

家に戻って母は目が腫れるほど泣いた。そして、二度と祖父の前では父の話を持ち出さないでと哀願した。

しかしヒョンは、祖父の話がそれほどひどいとは思わなかった。だからと言って父の死を、祖父のように考えることも出来なかった。

ただあのとき、父がそうせずにはいられなかったやるかたない胸の内、素手で堂々と死と対決して燃やした生命。その何かに対する模索と恐怖が、初めて飲んだ酒に燃える胸の中で、激しく渦巻いていた。

三

ヒョンは中学で水泳選手をしていたことがあった。それは、彼が運動に特別な関心を抱いたためではなく、裸で一人、水の中に身体を浸して気のむくままに泳げることが、どんな煩雑な運動よりもヒョンの性格に合っていたのである。

ある日、遅くまで一人で泳いでいたとき、見ていたコーチが即座に彼を選手団の中に入れた。選手生活に必要ないくらかの金銭の支出に、高老人は気分を害した。

「学校とは勉強をするところだ。金をつぎ込んでまで水泳とは何たることか。泳ぎ上手が溺れ死ぬということも知らんのか」

そんな祖父のご機嫌をとるためではなく、彼はすぐに水泳に嫌気を感じはじめる。規則に縛りつけられる組織の生活。一秒を競う競争意識。

それは気がねなく泳げる自由を、耐え難い一つの型にはめ込む。

一年も経たず、頼み込んだ末、ヒョンは選手生活に終止符を打った。

その後彼は、植物採集を趣味とした。野山を歩きまわる半日、ほとんど一言も話さず、くたびれて横になると、青い空に流れる雲が目にまぶしくて、何も語らない花と茎からは、あふれ出る生命の泉が感じられる。

五年生になった初夏。

授業を終えたM先生が教室を出ると、その場で日本の警察に引っぱられた。次の日、クラスの者二名が捕えられ、ヒョンと同じP郡出身のRを含む五名が行方をくらます事件が起った。

若くて過激なM先生は、時間があれば時々暗示的な話をすることがあった。その語調にはいつも冷笑の響きが含まれていた。

耳にした事件の内容は、M先生主催で幾人かの学生が、不穏な読書会を開き、何か過激な行動まで企てたということだった。

ヒョンはいつだったか、Rからそんな勧誘を受けたことがあった。しかし、やらなければならない宿題や試験だけ考えても、自分には荷が重すぎると断ったことを思い出した。

連行されたM先生は、学生たちの間では、密かな偶像になっていた。さらに獄中からメモを送り、学生たちを励ましたという噂も伝わり、校内はどうすることも出来ない興奮の坩堝《るつぼ》と化した。

幾日かして、ヒョンはRの父が、ひとり息子の行方不明と、警察の追及に衝撃を受けて、脳溢血で亡くなったという話を聞いた。

彼は何故か、そこに素直に身を投じられない戸惑いを感じていた。

何をしようとしたのか。M先生一人では断行できない、そんな大きなことだったのだろうか。連行した刑事のがっちりした手足。蒼ざめた顔に、めがねのレンズだけが光っていた先生のやせた顔。獄中から送られたメモ。偶像化。興奮の坩堝。

少年雑誌に出てくる冒険談。『八人組少年冒険団』の団長。Rの行方。その父の死。変りなく繰り返される生活。目前に迫る試験。

翌年の春、ヒョンは学校を卒業した。友人たちが、高等学校だとか専門大学だとやきもきしているときにも、彼は家に帰ることばかり考えていた。

彼の性格をよく知っている担任の先生も、あまりにも無関心なその態度に驚いた。

「これで私は十分です。無理をする気はありません。家に帰って、母とのんびりと暮らせればいいのです」

「それじゃ人生の目的は？　青年らしい野望は？」

「はい、人を苦しめずに、ただ自分は自分なりに生きていくということ、私にはそれだけです」

彼は故郷へ帰る汽車の中から、目の前をかすめる見慣れた風景をながめながら考えにふけっていた。

―ただ自分なりに生きていこうとするのは、祖父の考え方に似ているのか。いや、祖父とは違う。仮に同じだとしたら、それがどうだというのだ。人生の目的？　野望？　抱負？―

すべてが彼にとって、途方もなく漠然とした言葉にすぎなかった。

―他人はどうであれ、自分にとってふさわしい道は何であろうか―

青黒いプオン山のふもと、広がる裾野が目の前に開け、窓から土の香りを含んだ風が流れると、爽快な痛みがピリリと胸を刺し、興奮が電流のように全身を駆け巡った。なつかしい土の匂い。彼にとって、ただそれだけが確かなものである。

ヒョンは母の苦労を、軽減できるのが嬉しかった。一緒に朝食を終え、野に出かけ、畑を耕し種を蒔いた。ヒョンが鍬で畝《うね》を作ると、母は鍬につないだ綱を引っ張った。夕方には、母は一足先に戻って食事の準備をし、民謡のように賛美歌を口ずさみながら息子を待った。野菜ばかりとはいえ、それは新鮮な旬の味だった。

そんな中でも母は日曜日の礼拝を欠かさなかった。

白い木綿の服で装い、聖書を持って、枝折り戸から出て行くその後ろ姿に、若かった頃の母を思い浮かべた。母の顔から悲しみと辛苦の影を取り除けば、いまだ消え失せない美しさの名残が漂い、彼の脳裏に焼きついて、そして甦る若い母の顔。

長い歳月、ひたすら犠牲となった母の若さに思いを馳せると、ヒョンは自然に、悲しみで心がふさがるのをどうすることも出来なかった。

健康な母はときおり、太ももを擦って呻き声をあげるときがあった。ヒョンが心配すると、母はわけもなく顔を赤らめた。一度、かなりの熱を出し、朦朧とした状態に陥り街の医者を呼んだことがあった。

どういうわけか母は、はっきりしない意識の中でも、両手で片方の太ももをぎゅっと押さえて医者の診察を拒んだ。ヒョンはその手を無理に押しのけて、母の手の下をのぞいて見た。膝の近くがひどく膿んで赤い筋が這い上がっていた。そしてヒョンが目にしたのは、その筋の左右に、生々しく残っている多くの傷跡。

それは、尖ったもので突いて出来た傷である。傷が何を意味するものなのか、ヒョンがそれを悟るには五年の歳月を要した。

一年が過ぎたその年の秋夕《チュソク》〈注5〉。

墓参りから戻ってきたヒョンは、花畑の手入れをしていた。ヒョンの畑は、この村のみならず、川向うのP郡のどこの家にも劣らない華麗なものである。早春から晩秋に至るまで、十数種の花が途切れることなく庭を飾る。

縁側に腰を掛けて、ヒョンの広い肩に視線を注いでいた母が独り言のように話した。

「ヨンソンが来年大学に行くんだってね」

「そうらしいですね」

彼には興味のない話題である。

「おまえはこのまま百姓を、続けるつもりかい？」

「はい」

ヒョンが、振り返ると、母は視線を地面に落とした。彼は手をはたいて立ちあがり母の横に座った。

「僕はお母さんと一緒に、こうして暮らせればいいのです」

プオン山の方向を眺めていた母は、しばらくして口を開いた。

「私は小作人を雇えば百姓仕事をやっていけるから、おじいさんに話をして、おまえも大学に行きなさい」

彼は唖然として、しばらく言葉が出てこなかった。この一年余り、母の苦労を軽くしたという自負が、錯覚であったことを瞬時に感じとった。彼は、風に揺れる白いコスモスと赤いダリアを見ながら、しばらく憂いにふけっていた。

―結局無為に過ぎた一年間。おとなしい母にほとばしる強い意志。それは愛であった―

だが、母の運命には、どうすることも出来ない宿命的な孤独と辛苦の影がつきまとうような不安が、ヒョンの心を曇らせた。

〈注5〉 陰暦八月十五日

高老人は、読み書きは、名前さえ書ければ良いという昔からの処世哲学を、息子のヨンソンにはあてはめなかった。幼い頃からのライバルである金氏の息子が、昨年郡守として世に出たときから、心に期するものがあったのである。ヒョンが中学を卒業できたのも、ヨンソンに対する教育熱の副産物だったのかもしれない。

ヒョンはむしろ、祖父がかたくなに拒んでくれたらよいと思った。ところが彼は、ヒョンの願いを最小限の犠牲として受け入れたのである。

翌年の春、ヒョンは古びたトランクを持って日本に渡った。美しい国。思っていたより情があり、慎ましやかな人々。しかし、どことなく隙がなく、融通のきかないところが嫌だった。

正座という自虐で精神をひきしめる。刀の使い方さえ「剣の道」と呼ばれる。我が国では屋根の下で刀をふりまわすことは不浄で、たたりを受けるとされているのだが、日本では無理やりに肉体をいじめようとする力。ヒョンは、驚きというよりは、どこか妖気漂う印象すら受けた。

その時すでに日本は、中国全土を席巻していた。

日本刀の青い刃。きらめいて刹那に落ちる首。精鋭の皇軍と貧弱で未訓練の中国軍。幼い頃P郡で見たホットック〈注6〉屋の主人の姿。

三年の予備段階を終えて学部に入る日、白髪の総長は、上品な語調で、大学生活の大きな収穫は、良い友を得るところにあると述べた。しかしヒョンにとって友と呼べるのは、日本人学生の青柳ひとりのみ。

長崎出身の青柳は、満州事変で父を亡くし、雑貨商を営む母のもと、ひとり息子として育った。血の気ない顔に、高下駄を履いても背丈がやっとヒョンの耳の下。寂しい境遇に育った二人の性格が、互いを引き寄せたのかもしれない。青柳は好んで〈啄木〉の歌を詠んだ。

―東海の小島の磯の白砂に我泣きぬれて蟹と戯る―

彼はいつも節をつけてこの歌を吟じた。

ヒョンが大学生活で得た知識は、講義よりもむしろ読書にあった。当時、一般学生の教養に、多大な影響を与えた英国オックスフォード学派の、理想主義哲学に関する書籍が、彼を魅了した。そこには個人の存在に対する深い配慮と、理想についての謙虚さと、燃え

〈注6〉中国餅

る情熱があった。

一部の学生たちは、そんなものは、資本主義の最後のあがきにすぎないと嘲笑し、そのとき、まだ消え失せずに隠れた片隅で燃えていたマルキシズムに対し、異常な関心を傾けていた。勿論そこには、これまでの思想とは大いに異なる新しくて直線的な倫理の明確な展開があるにはあった。

しかし、そこにあるのは図式化した観念で歴史を判断し、集団の威力で人間を型にはめようとする殺伐とした冷酷さと、息が詰まるような病的な興奮。

それは、しだいに日本人学生たちの間に、浸透し始めた全体主義の傾向に似た体臭。ヒョンは本能的に嫌悪を感じた。

ヒョンには、現実の国家的要求に応えなければならない緊迫した条件も、目の前にぶら下がった緊急の課題もないがゆえに、特別な制約もなく彼の気性に合った論理を選択することが出来た。

しかしそんなことは、彼にとって紙の上に書かれた人間の一つの夢であって、変動を起こす力は持ちそなえていなかった。

ただ、ヒョンの心をとらえていたもの、それは幾度となく夢に見るP郡。春に咲くプオン山のつつじ。青い渓谷。夏になれば茂みの中に実る山苺。喉が渇けば冷たい川の水。先祖の墓所の芝生。村の人々。米屋を営む祖父。寂しく暮らしている母。

四

「やった！　ついにやった」

うすら寒い初冬のある日、青柳は一枚の号外を握ってヒョンの下宿へ駆け込んだ。真珠湾攻撃。続いてシンガポール陥落。フイリピン上陸。ジャワ占領。祝賀行進。狂的な興奮と陶酔に沸き立ち、街が国防色に染まるとき、ヒョンは、どこかシナリオと食い違う芝居が、役者も観衆も、予想がつかない終幕に向って、一気に突っ走っているという印象を受けた。

東洋倫理を講義する高田教授は、俄《にわ》かに厳粛な表情で、西洋文明の没落と絶望、東洋の精神文化の世界史的意義を強調し始めた。

その日も、教授はあたかも、アジア民族十億全体を目の前にするがごとく、得意になってまくしたてていた。

「オノオノソノトコロヲエシム……というは万古不易の真理である。個人を絶対的単位として、無原則的な平等と、無制限な自由を目的とする西欧の社会秩序は、極度の混乱を助長し、その文明は今まさに没落の過程に突入するようになった……オホン」

「それゆえ、かつてニーチェやシュペングラーは、率直に彼ら自体の没落を予言して……」

「西欧思想自体の、矛盾の必然的奇形児として出生したマルキシズムは、階級闘争を挑発して……西欧の機械文明は、総て瓦解《がかい》に直面しており……今こそ光は我が東方から……天孫民族の決起するときが到来したのである……」

「各々……それは存在の調和原理を透視したもので、謙虚な人間精神の価値をコエタカラカニウタウモノである……」

「歴史的大使命……八紘一宇《はっこういちう》、なんと荘厳な宣言であるか……大東亜共栄圏建設の精神がまさにこれである……米英の束縛から抑圧された黄色民族を解放して……新しいアジアの秩序を回復するのだ……日本はその盟主となる使命を負っているのだ。いかに悲壮かつ荘厳な使命であるか」

それで？

「したがって国民は高い矜持を持って、アジア人民すべての救出と、更に神々しい精神の流布のために……自我を滅してこの大きな目的に貢献しなければならない。それが神の摂理なのだ。それは又、どれほど輝かしい栄光であろうか……」

「見よ、野に戯れる畜生と言えども、自らを滅することによりその価値を発揮しているではないか……それらは一本の骨さえも人間のために甘んじて捧げているではないか。蒼生《そうせい》の絶、摂理の妙」

甘んじて？

「畜生でさえそうなのだから、況や人間たる者！　アジア民族が各々そのあるべき場所に立つために、自我を殺して大義のために生きなくてはならない。悲しくも美しい人間存在の大原則である」

不快！

そこには、ヒョンの父もその犠牲者の一人であるが、デモの群衆に銃弾を浴びせた日帝の行動を正当化し、祖父のような無原則的従順への強要があった。天孫日本民族とアジアの諸民族。人間と畜生。猫とねずみの友愛と団結。

更にヒョンの気に障ったのは、教授の孤高な表情と講義らしくない雄弁の中に、誰も望まないのに自ら買って出て、結果的に人を苦しめるエリート意識と、安っぽい英雄主義的感傷、そして自己欺瞞を発見したことである。

彼は無意識のうちに手を挙げていた。流暢な自分の講義に酔っていた教授は、話を中断させられ不快な顔をした。

「一つ質問があります。自我滅却と大義に順じなければならないという意味はよくわかりました。ところで先生は、牛や豚が人間のために甘んじてその生命を捧げるとおっしゃいましたが……もちろん人間は、それらの肉をやむなく食べなければならないでしょう……ところが私は幼いころ、屠殺場《とさつじょう》に行ったことがあります。牛は屠殺場に引っ張られて入るとき、足を踏んばって抵抗しました。特に豚なんてものは、すさまじい声をあげて、騒ぎ立てて屠殺されて行くのを見ましたが、彼等は決して甘んじて、その命を捧げたようには見えませんでした。この点について若干の説明を……」

教授は苦笑いし、学生たちは声を出して笑った。しかし我知らず笑ってしまった学生たちも、笑いが消え去ると、釈然としないものを感じているように見えた。

ヒョンは席についてすぐ、自分の行動を後悔していた。教授を不快に感じたことが問題ではなかった。わけもなく衝動にかられ、かっとして立ち上がった自分の行動が嫌になったのだ。十億アジア民族の依頼でも受けたかのように、進んで立ち上がって抗議したことが嫌だった。それでどうしようと思ったのか？

「比喩というものは時として過ちを……しかしこの場合は……東洋人の直観力が……」

とつぶやく教授の声は、耳に入らず、専ら自己嫌悪の中に奥深く浸っていた。それは、裸の自分が恥しくて、殻の中に身を閉じ込めたサザエのようだった。

哲学史を教える若い日高助教授は、高田教授と対照的だった。明哲な頭脳と繊細な情緒を備えた彼は召集を受けて発つときに、訪ねて来たヒョンにこんな話をした。

「間違っている。みな狂っている。世界歴史の潮流に遅れて飛び込んだ日本は、することなすことピントはずれだ。七十年の駆け足に無理が生じたせいだろう。ヴィクトリア王朝の夢と全体主義の結合、完全な時代錯誤だ。中原《ちゅうげん》に鹿を追う。もはやそんな時代ではないのに。中国民衆に対する宣撫《せんぶ》ひとつ、思い通りにいかないようだ。だから戦陣訓も出さなければならないのだ。中国人はむしろ泰然としているのにもかかわらず、こちら側でいたずらに騒ぎ立てているのだ。救いがたい島国根性の悲劇。戦闘には勝っても勝利は収め難い。強力な文化の裏付けがない。アジア民族の解放。素晴らしい言葉だ。そうだとしたら先決問題は、朝鮮の自治や独立にあるだろう。やることが、たかだか創氏改名〈注7〉、姓名を改めさせて何になるのか。笑うに笑えないナンセンス。出征はするけれど、私はこんな国の国民になった罪として、国家がばらまいた種を刈取るつもりで出て行くのだ」

そして中部中国へ発った日高助教授は一年もせずに戦死してしまった。

さらに一年。

戦況は悪化し始めた。

兵力増強に伴い、下級幹部の不足を感じるようになった日本軍当局は、若い学生たちに短期間の訓練を施したのち、戦列に配属する案をたてた。

学徒出陣式から戻った青柳は、ヒョンを訪ねて興奮にほてった顔で、死についての話ばかりした。

「戦場に行くからといって、皆が皆死ぬわけじゃないだろう。いや、死ぬという決意が、かえって鏡のように澄んだ心境に導くんだ」

錯綜する気持ちを整えるのに、青柳は必死なのだとヒョンは思った。

「今となっては思い残すことはなにもない」

そうして少し暗い表情で、

「ただ母のことが心配だ。それも銃後の人が、なんとか世話をしてくれるだろう」

ヒョンはただ黙って聞いていた。

「トーマス・グリーンと、学生叢書は君にあげるよ。僕は『葉隠』〈注8〉と『万葉集』の二冊だけあればいい。実のところ悩みがないわけではない。しかし僕にとってアジアの解放という名分は、なんといってもひとつの救いなのだ」

ヒョンは心に染みる痛ましい感情を押さえきれなかった。

ここに食い違うひとつの歯車。頼まれもしないのに、必死になって助けてやろうというのは、有り難くないお節介。

深い闇の中に遠ざかって行く青柳の下駄の音を聞きながら、ヒョンは故郷を思い出した。日本人学生たちを襲ったつむじ風の中から逃れて、彼はひときわ孤高な自分を発見したのである。

彼はすぐその場で、母を想う長い手紙を書いた。折返し返事が来た。皆、無事だが、虚弱なせいで故郷に戻って来たヨンソンが、役場で仕事をするようになった。最初不満気で

〈注7〉　日本統治時代に日本が朝鮮人の姓を奪い日本式の姓名に強制的に変更させたこと。

〈注8〉　江戸時代の武士の教養書。

あった祖父は、今は息子を安全な場所に引き留めておけることに、多少なりとも満足しておられる。そしていつもそうであるように、日々おまえのためにお祈りを捧げていると結んであった。

五

やがて、ヒョンも青柳と同じ立場になった。異なる点といえば、ヒョンには声高に叫ぶ「アジアの解放」というスローガンも、『葉隠』や『万葉集』に該当する本の一冊もない点であった。だからと言って『ドイツ戦没学生の手記』もぴったりこなかった。

ヒョンが戦争に参加することなど、何の意味もなかった。

故郷に戻るとすぐ、彼は母がくれた幾ばくかの金を持って、海州《ヘジュ》近くで漁業組合長をしている母の実家に逃げ込んだ。

そこで何日か過した彼は、わけのわからない、犯罪意識に囚われ始めた。

—このように不意に襲ってくる不安は何であろうか。

檻だ。まるで檻の中に入っているのだ。巨大な監獄と化した檻の中で、骨に染み込む獄中のタブー。それは罪を犯しつつある罪人の不安。飛んでくる看守の鞭。用意された獄中の獄——

逃げ道は一つあった。しかし、この檻を抜け出すには、まわりの塀があまりにも高かった。隠れたままの罪人でいるしかなかった。

二週間後、ヒョンは鋭い目つきの刑事の訪問を受けた。そして期限の過ぎた志願書に名前を書かねばならなかった。

不安は解消された。しかし、それは奴隷としての安堵……罪人としての屈従……。

経由地の海州で、ヒョンは一晩、流行歌のような気分で、思い切り酒を飲んだ。そして、いとも簡単に酒場の女と身体を交した。すてばちな欲情から、初めて女を抱いたのだ。あくる日、落ち着かない精神状態でその店を出て、続けざまに何度か空えずきをした。

家に戻るとすぐに、自分が捕まったのは、有能な日警の捜査網のせいではないことを知った。祖父はヒョンの逃走が、翌年中学に上がる三男のヨンチョルに及ぼす影響を恐れたのである。しかしヒョンは、祖父を恨みはしなかった。自分のせいで、幼い叔父のヨンチョルに禍が及ぶというのは、本意ではなかったからだ。かえって心が安まった。

同郷の友人たち数人と出発する前日、ヒョンは母と共に静かに過した。母は大学に行けと勧めたことを後悔していた。それ以上に、ヒョンが夫の亡くなった歳と、今ちょうど同じ年であることに、震え上がるほどの不吉さを感じていた。彼は母をなだめて休ませるのに苦労した。壁に向かい背を見せて横になった母は、眠れず暗闇の中で祈りを捧げていた。

「主よ、聖なる神よ。この罪人をお許しくださり……お恵みを施したまえ……これが罪人の唯一つの願いでございます……」

原罪意識と、薄命であるという強迫観念の呪縛に自失し、極度の苦悩に囚えられた母は、自分の罪ゆえに受けるべき神の刑罰から、息子を見逃してくださいと哀願した。

「主に召された夫より息子をより深く愛してしまうこの罪人、下された唯一人の息子に対する愛を通じて、より多く神さまのお恵みを知るようになった信仰薄きこの罪人。主よ！　私の深い罪をお許しくださり息子の命をお救いください」

ヒョンは、胸を打つやり場の無い怒りに震えた。

―私自身は信じなかったが、私は神を認めてきた。それは母のつらい生活に、心の平安を与えてくれるからであった。ところが今、母はわけもなく深い罪の意識をもって、神の前で身を震わせている。生きている全ての人間が罪人であろうとも、この母が罪人であるはずはない。刑務官のような神。理由のない原罪。

母よ。生まれる前のことに責任をとることなど出来ないではないですか―

翌日、駅前で開かれた歓送式で、郡守が激励の言葉を述べ、署長が万歳の音頭を取った。一緒に発つBは泥酔し、やたら皮肉をとばして騒ぎ立てていたが、ヒョンはそんなことは意味のないことだと思い、無表情に、命じられるまま従っていた。

ヒョンは、調子の合わない軍歌を聞きながら、群衆の隊列にふんぞり返って立ち、郡守と署長の挨拶を受けている祖父を見た。祖父は、ハンカチで目を覆っている母をふり返っては、時々たしなめていた。

―祖父はこんな風に考えているのだろう。私が死出の旅に発つのは逆らうことの出来ない天命であり、墓のせいだと。叔父のヨンソンが虚弱で、学校を中退して役場の書記になったのも、墓のせいだと。そしてどの場合がどの墓のせいだとか、青龍・白虎から風水の原理をくどくどと言っているのだろう。果てしない時の混沌、高温の気体、流れる溶岩、風化作用、地術、墓の中の骨片。

私を送り出して面目がたち、ヨンソンのおかげで供出が軽減されることに満足しているだろう。しかし祖父よ、背中の後ろで泣いている母をうとましくは思わないでください―

彼は遠ざかるプオン山の青黒い峰を眺めつつ、汽車の中で考え続けた。
―何もかもが墓の位置のせいだとすると、なんという過酷なことか。ともあれ死にたくはないものだ―

創氏改名により、山の字を加えて「高山《たかやま》」になったヒョンは、日本の名古屋部隊に入隊した。輜重兵《しじゅうへい》になり、馬屋当番をすることになった。時には手で馬の糞を掻き集めなければならなかった。

ある月の明るい夜、馬の脚の下に這い込んで馬糞を掻き集めていたところ、ひときわ明るく差し込む月の光にふり返った。馬の腹の下にぶら下がる巨大な一物の先に、丸い月がかかって、まるで黒い取っ手の大きなしゃもじのように見えた。彼はヒヒヒと我知らず笑った。がらんとした馬小屋の中に、笑い声が反響して奇怪な感じがした。突然、馬に馬鹿にされたように感じた。こ奴め！　こみ上げる怒りにまかせて、シャベルで力一杯、そいつをぶん殴った。びっくりした馬が、ぴょんと跳ねると、彼は後ろにひっくり返った。

ある日曜日、日本の友達の後について行き、思いっきり腹につめ込んだことがあった。どのようにして食べたのやら、ハアハアと呼吸も困難で、自由に体を支えることすら出来なかった。その上、夕食もまた一食押し込んだ。その夜は、一晩中便所に入りびたりだった。

翌朝、官品が幾らか無くなっているのがわかった。分隊長の拳骨がヒョンの顔で爆発した。

「この野郎、無くなったらぼうーっとしていないで、他の所から盗んで来い」

そんなことがあっても、彼はその日も炊事場からせしめたおこげを持って、昨夜しゃがみこんでいた便所で食べた。それをかじりながら、トーマス・グリーンの『意志と人間の道徳的発達とに用ひられる「自由」の種々の意味について』とはどういうことなのかと、憮然として考えていた。

ヒョンにとって一番苦痛であったのは、皆で二列に向かい合って、互いにビンタを張ることであった。

個人的には爪の先ほども恨みのない人間同士が、互いに肉体に苦痛を加えるということは、我慢ならないことだった。叩けば殴り、殴れば叩き、ひとしきりそれを繰り返すと、いつしか相手に対する根拠のない憎悪の念が沸きあがった。

それは人間として、どれほどはかなく悲しいことだったか。

翌年の春、ヒョンは北部中国に派遣される老兵たちに混じっていた。荒漠たる中国の地に降り立った時、彼は機をうかがって逃走する決心をした。

――殴打、虐待、残忍、傲慢、卑屈、虚偽の氾濫。軍隊は人間らしくいられるところではない。それでも、大義名分があれば我慢もするであろう。ところが私には微塵の名分もない。どうして日本人でもない私が、中国人を殺さねばならないのか――

凍りついた大地が春を迎え、ゆるみ始める頃だった。それでも夜になれば寒さが骨に染み込んだ。朧月夜《おぼろづきよ》。歩哨に立つ時がチャンスであった。ともかく西へ走れば何とかなるという漠然とした計画であった。隠しておいた乾パン二袋、缶詰一缶、キャラメル二個を抱え、真夜中、腰まで届く枯れ草の中を歩いた。何度も転んで手の甲や顔を引っかいた。果てしない大地の上、漆黒の闇の中で、ヒョンは髪の毛が逆立つ恐怖に震えた。大気圏外の暗い虚空にひとり投げ出された感じだった。そのまま開かれた地獄の門に向かって歩いているようでもあった。

東の空がかすかに白むとき、彼の手には、すでに小銃はなかった。ほんのり東の空が色づき始め、真っ赤な巨大な固まりが浮き上がり始めた。そのまま大地に釘付けにされたヒョンは、その荘厳な光景を身じろぎもせず、恍惚と見つめていた。ああ！ この巨大なもの、その前にみすぼらしい——この姿。彼は突然獣のような叫び声を上げた。ウォーッ、ワァーッ、ワァーッ。溜まっていた雑多なものが、どっと噴き出た胸の中に、太陽は新しい生命を注ぎ込んでくれるようだった。

次の日、はるか彼方に小さな村を見下ろす丘にたどり着くと、寒さと餓えと恐怖に疲れ果てた彼は、そのまま倒れて眠り込んでしまった。ヒョンが目を覚ましたとき、太陽は頭上に輝き、数軒ある人家の近くでは、三、四人の住民が出入りしていた。細い道が、彼の横たわる丘の下を経て、村の方に伸びていた。

中国人に出会ったとき、どうすれば自分の立場をわかってもらえるのか、思いつかなかった。村に行かねばならないのに——身体を動かすのが嫌だった。

このまま永遠に横たわっていたいと思った。ヒョンはそのままぼうぜんと、丘の岩のすきまにもたれかかって、残りのいくつかの乾パンをかじりながら、村の辺りを見下ろしていた。村の入り口に、こちらへ足を運んでくる小さな人影が見えた。ゆっくりとした足取りで、丘の下の道に近づいてくるのは、短い髪の中国の少女だった。少女の出現は、彼の胸に、言うに言われぬ懐かしさを呼び起した。少女が岩のそばを通り過ぎるとき、彼ははっきりとその黒い瞳と、つややかな赤い唇を見た。そして、目の前を通り、あちらの方へ歩いていく少女のふっくらとした胸元と、腰から太股に流れる刺激的な曲線を凝視した。我知らずゴクンと生唾を飲み込んだ。下半身に酔いを感じた。彼はもう、過ぎた二晩の恐怖をきれいに忘れていた。ハルタン鳥。ヒマラヤに棲むという仮空の鳥。夜通し寒さに震えながら、朝になれば巣を作ろうと決心するが、日が昇ればきれいに忘れてしまうというハルタン鳥。

彼はまわりを見回した。広い野原に何も動くものはなかった。全身にしびれた感覚、たった一度、名も知らぬ女との情交で感じた奇妙な感触が猛烈な勢いでよみがえった。吐き気を感じたあの幻滅は、思い出しさえもしなかった。ただその肌の暖かさだけが……。

喉が焼けて、唾を飲み込めばコルルッと妙な音がした。ヒョンは自分の理性がぼやけていくのを抑制できなかった。むくっと身体を起こした。いつの間にかその手には、腰の帯剣が握られていた。その時、太陽の光を遮って地面に投じられた自分の影が、あまりにも鮮明に目にとび込んできた。彼は身じろぎもせず、影が見せつけるぶざまな恰好を見下ろしていた。

映画で見たターザン。猛獣を睨みつけるターザン。猛獣と少女。ターザンと猛獣と少女と私。頭がくらくらするようだったが、すっと正気を取り戻すと、胸が張り裂けそうになった。思わずその場にぺたんと座り込んでしまった。すでに少女は、はるか彼方を歩いていた。ヒョンは魂が抜けたように、しばらくぼんやりとしていたが、額の汗をぬぐって帯剣をさやに収めようとした。いまだ消えない酔ったような下半身の感覚。この肉塊が……。彼は収めかけた刃を、股の付け根に突き刺した。うっ！　赤い血が軍服のズボンを伝って、ぽとぽとと流れおりた。身体から欲情の炎が一瞬に消え去った。肌着を裂いて脚を縛り、そのまま岩のすきまに身を横たえ、にじみ出る赤い血をまじまじと見ていた。その時、ヒョンの脳裏に、過ぎし日のひとコマが稲妻のように掠めた。

―母の足に刻まれた、あの無数の傷跡。数多くのあの傷跡―

やるせない恋しさと共に、母の面影がヒョンの脳裏に浮び上がった。それは人間の、押さえがたい悲しい性にあらがう若い女性の、花咲くように美しく、凄絶な顔であった。

それと共に気高い旋律の歌声が聞こえるようだった。大地を覆い頭上にただよう、無限に流れる幻覚の調べ。母への賛歌。あい次ぐ餓えと寒さにしびれた胸中に、人間の悲しみと苦痛がうずまいた。しかしそれは、ただ幾つぶかの涙に変り、広大な大地に落ちいくばかりであった。

夕方ヒョンは中国人部落にたどり着き、漢字を書いて事情を納得させ、温かい一杯のとうもろこし粥をすすった。そのとき、包帯を巻いた足を心配そうに見つめている少女の澄んだ瞳は、彼に限りない喜びと安堵を与えた。そこは主に八路軍が遊撃活動している地域であったので、すぐに延安《えんあん》に案内された。彼はここでひと息つく前に、まず驚いた。穴蔵のような家に住んでいる彼らの糧は、目の前の黍飯《きびめし》ではなかったのだ。それはいつの日か、彼らが闊歩できる世界が来るであろうという確信だった。ヒョンは、中国の乞食のようなみすぼらしい姿をした金某という老人に接して唖然とした。人民の解放が遠からず実現するであろうと予言する金老人は、実は筋の通らぬ復讐心を満足させる機会を狙っているのであった。共産主義理論は『鄭鑑録《ていかんろく》』〈注9〉同様、運命の預言書。違うとすれば、それには科学という名を冠しているだけである。金老人はそれでもって、失った自分の半生の何倍かを将来取り戻すことができる、そういうぼろ儲けを思い描いていた。

さもなくば、みすぼらしい自分の肖像を入れた額が壁に掛けられるとか、その名が党史の輝かしい一ページを飾るとかいう、ぎとぎとした野望。

人民の解放といった方程式に、絶対的な意味づけをして、歯ぎしりをしているこの人たちは、言わば請託者のいない革命請負業者だった。

—一体この人たちは、どうして他人の心配ごとに昼夜を分かたず大騒ぎするのか。それよりは、彼らの綿入れに涌いている虱《しらみ》を退治することの方が急務であろうに。

おそらくこの人たちは、自分の時代が来さえすれば、味わった貧窮と苦痛の何倍もの報酬を要求することだろう――

ヒョンが一ヶ月もせずに再びここを抜け出して南満州に潜伏したのは、一九四五年七月の中旬であった。広くてごった返しているのが中国の大地だった。

六

満州をさすらっていたヒョンは、九月中旬を過ぎて故郷に戻ってきた。その間、ソ連軍が進駐した満州で、彼が見て感じたのは、人間というものが犬以下になれるということだった。略奪、強姦、破壊、殺人。彼はその責任を戦争に転嫁してしまう意見に賛同できなかった。問題はそのような行動をしでかすことの出来る本質的なものが、人間に潜在しているところにあった。それはむしろ犬よりも劣った。人間はそこに理由を付けるのだか

〈注9〉　朝鮮王朝中期以後、民間に流行するようになった国の運命・国家の存亡に関することを予言した本。

ら。いずれにせよ日本に代って、人民の解放者として出て来た請負業者であるソ連人たちは、初めからそんな風に仰々しかった。

――元来、請負業者というものは割がよいものだから――

ヒョンは人間に対する失望と幻滅に触れて、このように愚痴りながら苦笑いを浮べるしかなかった。

みすぼらしい姿で、見慣れた枝折り戸をくぐったとき、板の間に座っていた母は、しばらく呆然と眺めていたが、素足で跳び出しヒョンをひしと抱きしめ、ただ、泣いた。村の人々が家に集まってきたとき、母は板の間に伏して、声をあげてお祈りをささげていた。八・一五を迎えても、解放の実感を持てなかった母にとって、この瞬間こそ人一倍の解放感で、もう胸が張り裂けそうだった。母の胸の中にしっかり根づいていた原始宗教的宿命意識が、声になって噴き出した。そして、それが噴き出して、ぱあっと開いたところから、夕立のように降り注ぐ神の恵みを見た。

高老人の場合、八・一五は米の供出からの解放を意味した。息子のヨンソンのお陰を受けてはいたが、もともとやり手ではないヨンソンの力など大したものではなかった。老人は戦争末期の日帝当局の仕打ちに対して、やたらに悪態をついた。ちっぽけな策をろうして、あんな仕打ちをしては滅びて当然だといきまいた。

きわどい交渉の山場があって、三十八度線以南と策定されたP郡には、米軍の豊富な物資があふれていた。全てが素晴らしく見えた老人は、三男に、しっかり英語の勉強をしろと言った。そしてヨンソンが無事で、ヒョンが命拾いして帰ってきたのは、長男の墓を移葬したおかげだと、いっそう風水原理への傾倒を強めた。

ヒョンから見れば、幾筋かに引き裂かれて、互いにちぐはぐに引っ張りあっている渦巻きが、全て正しい道筋から外れているとしか思えなかった。

解放といっても居ながらにして得たもの、それゆえ、取り立てて喚きたてる理由もなかった。誰であろうと他人に石を投げる資格はなかった。問いつめてみれば、今必要なのは顔を赤らめる羞恥心と、慎重に話しかけるもの静かな口調だけだった。ところが現実は、投げつけあう無数の石ころと、鼓膜が裂ける怒号である。

さらに言えば解放は当然のこと。あってしかるべきことが今までそうでなかったということ。それなのに誰を見て、身をかがめて礼をし、媚びなければならないというのか。

「スパシーバ クラースナヤ アールミア（ありがとう赤い軍隊）」、またそうでなければ幼稚な驚嘆。「ワンダフル C レイション（素晴らしいアメリカ兵の食料）」。

こんなところに生じるものは果たしてどんなもの。暗澹《あんたん》たる失望が心を覆い、踏み出そうとした彼の一歩は、たたらを踏んで再びもとの位置に釘付けにされてしまった。彼はまた、自分の殻の中に、身をすぼめてしまったのである。

三・一節を迎え、烈士の遺族として母とヒョンが特別席に招待されたとき、祖父もその横に大様に座っていた。調子の合わない愛国歌。絶叫に近い憂国の熱弁。万歳、万歳の声の波動。

記念品の真鍮《しんちゅう》の食膳を持って帰る分かれ道で、ヒョンはちらっと祖父の眼に光るものを見た。しわが寄って垂れ下がったまぶたに、いっぱい滲んだ涙。ヒョンにとって、それはひとつの新しい発見であった。

口は悪いが祖父はその実、父の死を誰よりも心の中で悲しんでいるのかもしれない。父の死。母の辛苦。祖父の苦痛。貧しいこの現実。特設された座席と記念品の真鍮の食膳。

翌年、ヒョンは校長に懇請され、女学校の教員として働くことになった。

「おまえの思い通りにしたらいい」

母の意見はこの静かな一言であった。

社会の混乱はますます助長され、対立は一層先鋭化されていったが、学校の塀の中は、それでもその圏外に置かれていた。しかし、何時までも学校だけを取り残しておきはしなかった。

社会の混乱を反映して学生たちが動揺し始め、何人かの教員がそれに火をつける役割を果した。校内にビラを撒いた学生たちは、まるで殉教者のような顔で連行されていった。目まぐるしい興奮の中で、しょっぴかれる幼い学生たちを、ヒョンは哀れだと思った。何ゆえの興奮。誰がための殉教。

火をつける教員たち。授業時間を切り上げて、無責任な発言で無垢な学生たちの頭を惑わすのは罪悪に等しい。自信があるなら腕まくりして立ち上がり、直接行動すべきであろう。教壇と演壇。教員と弁士の違い――学生には手を出さずにおくべきだ。しかし、そんな信念はヒョンだけにしか通じなかった。そうするうちにも、北から南に流れる行列は絶えることなく、その数はさらに増えていった。P郡で一日か二日泊っていく人々の足取りは重かった。仰々しい革命請負業者への入札を拒否した人々。ヒョンは、今ではかの地で大変な役職についたと聞く中国の延安で会った金某老人を思い浮べた。一日に何度も入浴し、まばゆい銀シャリに舌鼓を打つその姿を。

―代々受け継がれた土地を二束三文で落札したその価格は？―

だがヒョンにとって、このような現象は目の前を過ぎてゆく、単なる映画の画面に過ぎなかった。ただそれを見ていればよかった。悲劇映画を見る観客が感じる程度の同情心を持って。

彼の興味は、この二年間に拡張した花畑に入って、いろいろな花を育てることにあった。

色とりどりの花が春から秋まで、とぎれることなく華やかにいろどる花壇があることで、ヒョンの心は穏やかだった。キンセンカ、ホウセンカ、カカリア、カラナデシコ、アサガオ、カーネーション、ムーンフラワー、スイートピー……。

広い空の下で一日中働き、疲れた足を伸ばすと、台所から魚を焼く匂いが漂ってくる。食欲旺盛な胃袋。催促すると、母は子どもみたいだという。華やかな花畑。

せみの鳴き声と鳥たちのさえずり、これこそ人間の生。生命を授かって生まれた人間ならば、誰もが享有できる、人間としての小さな権利。

これまでヒョンは何度か縁談を断った。見通しのつかない混沌《こんとん》とした現実の中で、結婚など考えたくもなかった。

―北からあふれ出てくるあの人々。日に焼けて疲れた顔に、悲しみと怒りをいっぱい込めた瞳。あの無数の瞳は、ただ住むところを準備すればそのまま安住する、そんな生易しい瞳なのか？

あの無数の瞳に、あれほどの怒りの炎を注ぎ込んだ仰々しい新興の革命請負業者たち。彼らはひとつの工事を終えたといって、そのままおとなしくしているそんな節度のある業者となり得るのだろうか。しつこい利益の追求。彼らが好んで浴びせる既成業者すなわち日帝に対する罵り。それはそのまま彼らが引きついで受けるべきもの。

台風の兆しに不安を感じながら、新しい家を建てようなんて、愚かなことは慎まなければならないと思った。

自信のない自分の将来に、無責任に他人を引きずり込むことはできなかった。自分自身がそうなのに、まして他人の人生に対する自信なんて―

ヒョンはこのとき、もっと骨身にしみて母の半生を思い起した。暗いわら屋根の下で過ごした三十年。寂しさと辛さ。自分の結婚がもう一人の母をつくるかもしれないという恐れ。

高老人は何度か言い聞かせてみたがあきらめてしまい、母は母で兵隊に送るときヒョンの頑固さを経験してからは、何ごとも強要どころか勧めもせず、彼のなすままにさせた。この手に一度孫のずっしりした重みを感じてみたいと切に願ってはいたけれど。

七

そのような不安は不安として、ヒョンは目の前の職責に忠実であろうとした。きちんきちんと授業時間を守る彼は、さほど人気のある先生ではなかった。

秋が来て、校舎を増築することになったとき、幸先の良くない問題が生じた。工事費をめぐって、かんばしくない事件が生じたが、校長もそれに一枚かんでいるというのだ。戦闘的な教員何人かが、そのことを問題にして校長を糾弾するという不穏な空気が流れた。ヒョンは定かでもないのに騒ぐ必要がどこにあるかと、大げさに考えまいとした。しかし、問題にした教員たちは、この事件を持ちだして、ながらく思想的なことで校長から受けてきた屈辱のうっぷんを、一挙に晴らそうという意図をもっていた。

一方校長は、折しも起こった一部の学生たちの小さな政治的騒動が、校長排斥をひとつのスローガンとして決起したことを理由に、機を逸せず教員たちに事件の責任をかぶせてしまった。三人の教員は、その日のうちに警察に拘束され、尋問を受けることになった。

しかし、その教員たちが学生騒動の責任を負うということは、今回だけは誰が見ても不当だった。だが他の教員たちは、校長の狡猾さを目の前にしても、あえて口を開いて真っ向から対抗はしなかった。

職員会議が開かれたとき、校長は静かな口調で遺憾の意を表して、三名の教員が警察に引っ張られたのは実に気の毒なことだと言った。ヒョンは唖然とした。狡猾と卑劣が入り混じった校長の顔を見つめて、われ知らず立ち上がった。

「校長先生、何か対策を立てねばならないのではありませんか?」

校長は、平素穏健なヒョンが、意外にも緊張した面持ちで自分を凝視しているのに驚いた。

「対策と言っても、立てるべきすべがないのにどうしますかねえ」

「対策がないとは。三人の先生が今回の騒動に何の関係もないということは、校長先生も良くご存知ではありませんか?」

「いや高《コ》先生、私がどうしてそんなことを知っていると……」

「裵《ベ》先生はお父さんの葬儀で、事件の時はいらっしゃらず、二人の金《キム》先生は一週間の修学旅行から戻って来られたばかりではありませんか?」

「それはわかりませんよ。居なかったからといって関係がないとは限らないのだから」

「しかしそれは状況と常識で、明らかです」

「高先生はどうしてそんなにあんな人たちをかばうのですか?」

「かばうのではありません。過去はどうあれ、そのまま放っておけば三人の先生に対する公正な処置になり得ないからです」

「それこそ警察が公正にやるでしょう」

どこまでもしらをきる校長を見て、ヒョンは胸の中で血がわきたつのを覚えた。

「校長先生が職員たちの身の上に対してそんなに冷淡では、どうして安心して学生たちを教えることが出来るでしょうか?」

校長がかっと声を張り上げた。

「いや高先生、それはどういうことですか。思想が不穏当だと警察が言っているのに、私にどうしろと言うのですか」

破廉恥……。

「そんな風におっしゃると、校長先生は今回の不正事件のために、わざと三人の先生を追い込んだと言う非難を受けるようになります」

校長の顔色が変った。

「高先生、言葉に気をつけてください。それはどういうことですか。それでは私が不正事件に関係があるとでも？」

さらに一歩……前に……決定的な攻撃！　ところが……

「私はそう断定はしていません。言うならば、人はそんな風に見がちだということです」

それを断定するのは、また、校長に対する公正を欠くという思いがして、ヒョンは話を止めた。

―悲しいことだ。北の出身である老いた校長は、全て気に食わないことを、あのように思想的なことに結びつけてしまう……―

そしてもうひとつの不快。引っ張られて行った三人の先生。彼らは少し耳にしただけの話でも、その真意を確認する前に騒ぎ立てるのが常だった。若い学生たちに、自分の急進的な傾向をちらつかせるのも、他ならぬ彼らであった。

―ともあれ恥ずべきことだ―

重い足取りで校門を出た時、後について来る足音が聞こえた。趙《チョ》先生。女子大を中退した趙先生だった。きちんと折り目のついた白いシャツ。澄んだ黒い瞳。黒いスカート。

「高先生、今日はとてもお見事でしたね。校長先生が『敗北《ぺーぺ》』程度でなくて、高先生がお使いの言葉のように完全に『敗北《はいぼく》』なさいました」

ヒョンは苦笑した。彼はだまって歩きながら、こわばっていた自分の心がしだいにほぐれていくのを感じた。

—私は趙先生が近くにいればいつも心が温かくなる。

知らぬ間に惹かれているのを感じる。しかしながら、欲情をおぼえるのではない。もしかしてこれが異性に対する愛情の芽生えなのかも知れない。「はいぼく?」、ああ、あのときの話だ—

やっと正書法〈注10〉を一冊マスターしただけのハングルの実力では、国文専攻の趙先生に太刀打ちできなかった。彼が「一切」とか「敗北」を日本語読みした時、静かに教えてくれたのが趙先生だった。

そのとき彼は顔を赤らめながら
「だけど何だか『一切《いっさい》』とか『敗北《はいぼく》』と言わなければ語感がぴったり合わないのですが。『一切《イルチェ》』、『敗北《ぺーぺ》』、ちょっと弱々しくて」

「日本語の悪い癖がついたのですね」

見かけは弱々しいが、性格はしっかりしていた。

いつだったか男女の教員たちが一緒に歩いていたとき、米軍兵士と並んで歩いて来る女性を見て、男の先生がからかい気味に非難したことがあった。

「あれが、一体人間なのか、恥知らずに顔も伏せずに歩くなんて汚らしい」

そのとき、趙先生が話をさえぎった。

「どうしてあんな気の毒な女性をお責めになるのですか?」

「気の毒だって、好きであんなことをしているのに」

「そんな風に言うべきではありません。誰が好きでするでしょうか。ふがいない男性の社会が女性たちをあんな風にしたのではありませんか」

「男性たちが、どんな社会を?」

「そうねえ、先生もしっかりして下さい。か弱い女性一人守れないこの国の男性たちが哀れだわ」

〈注10〉 綴り字法

—そしてこんなこともあったなあ—

どんな場合にでも特別な意志表示をしないヒョンに、いつだったかこんな風に尋ねたことがあった。

「高先生は何事にも関心がないのですか?」

「え?」

「なぜ、どんなことにも意志表示をしないのですか?」

「するべき人は他にいるでしょう。僕は他人のことをああだこうだと言う立場ではありません」

「消極的ですね」

「消極的なのかもしれないが、僕は他人のことに興味もないし、他人の領域を侵す気はさらにありません」

「どうしてですか」

「争いをやめさせようとして、もっと大きな争いになることもあります。自分ひとり支えきれない身の上で、人のことに干渉するなんて……」

「周りがどうなってもかまわないのですか?」

「自然の成り行きに、僕がどうすればよいのですか?」

「先生はそういう考えをする人には見えませんが」

「僕は虚しく手を出して、他人に累を及ぼした例を何回か見てきました。人のためだということが、結果として害を与える場面をあまりに多く——」

「だけどそうでない場合も多いのではありませんか?」

「もちろん、それはそうだけど、道理をわきまえる叡智や心情は、もっとずば抜けた少数の聖者にしか当てはまりませんよ」

「高先生は、ご自分がずば抜けていると思われませんか?」

「とんでもありません。僕は自分自身をよく知っています。何の特徴もない、一介の俗人に過ぎないということを。だから、精一杯自分だけを守って、こんな風に生きていけば充分です」

「それでは私のような場合、つまり生き方を強要されても、その時でも高先生は自分を守ってそのとおり生きていけるのですか?」

趙先生は八・一五の翌年の秋、家族と共に北から逃れて来たのだ。

「そうですね、それは経験してみなければわかりませんが」

「私は経験しました。さらに父は骨身にしみて感じたことでしょう」

「どんな害を被られたのですか?」

「害ではなく、初めはとても大事にされましたのよ。父は若い頃何年か苦労して社会主義運動をしたことがあったそうです。果樹園をしていた父は八・一五解放のあと、引っ張り出されるように人民委員長をすることになりました。ところがソ連軍が進駐してから、父はひどくうっとうしく思っていたところに、米の供出を強要され、たまらなくなって辞任してしまいました。父は、自分が若い頃しようとしたのは、あんなことではなかったといい、鬱病にかかりました。その後、彼らは陰でああだこうだと煩わせ始めましたが……。一度は何か嫌疑があると言って、治安警察に父を呼びつけました。二週間後に出て来た父は何も話さずにいましたが、突然、南へ発とうと言いました。北では自分を守るということは絶対に不可能なことなのです」

「もちろん、自分がしたいこと、花畑を手入れして楽しみたい時間や、板の間に寝そべって空を眺める時間さえもてなくなったら、そうだなあ、僕も考えが変るでしょう」

「それだけでしょうか? 集団に加入しろ、集会をサボるな、誰かを憎め、誰かを追放しなければならない、誰かを殺さねばならない。演説に賛成する拍手をしろ、握りこぶしを振り上げろ、と言われたとしたら？」

「そう、そうならその時は僕も……」

「どうなさいますか」

「そんな時は、趙先生のように逃げ出します」

ヒョンが自分の話のおかしさについ失笑すると、趙先生もつられて笑った。

「どこまでも消極的ですね」

分かれ道近くに来て、現実に戻ったヒョンは口を開いた。

「実は校長に話してから、とても後悔しました」

「どうして？」

「ぶざまに大騒ぎしたという思い。残ったのは不快感だけです」

「だけど……」

「私は決して請負業者になることは出来ません」

「え？」

「え、いえ何でもありません」

その後、問題の先生たちは警察から戻ってくるなり、すぐ学校を辞めてしまった。

ヒョンは憂鬱だった。なぜか学校に出て行くのが気まずく、校長に接するのが苦痛だった。ひと月もせずに辞表を出してしまった。二階の教室を訪ねて挨拶をする彼を、趙先生は穴があくほど見つめた。

「どうして？　何か差し障ることがおありですか？」

「何もかも煩わしくなって」

ヒョンは趙先生の視線を避けた。

「そんなことないでしょう。校長先生を見るのが気まずくて、でしょう？」

「それもそうですが」

「やはり気持ちがひどくお弱いのですね」

「……」

「それこそ完全に『敗北《はいぼく》』なさったのね」

しばらく沈黙が流れた後、ヒョンが口を開いた。

「『敗北《はいぼく》』であれ『敗北《ぺーぺ》』であれ、それを言う必要はありません。趙先生がどうお考えになろうと、ただ私は辞めるという挨拶をしに来ただけなのです」

ヒョンはすぐにきびすを返して教室を出たため、趙先生の目に漂ったもやのようなものが雫になって床に落ちるのを見ることが出来なかった。

冬になる前にヒョンは郡へ帰った。

母は何も言わなかった。祖父はチッチッと舌を打った。

「官職には恵まれないのだ。それも宿命だ」

ヒョンは麗水《ヨス》と順天《スンチョン》でおきた事件〈注11〉の話を聞いた。

─何のために人を殺そうとするのか─

ヒョンは子牛を一頭育て始めた。飼い葉を刻み、糞尿を取り出し、藁《わら》を取り替えてやるのに熱中した。豆の茎と藁に豆を混ぜて与えれば、牛は見る見る風船のようにふくれあがった。日本軍で馬を世話した時とは違った。ここでは何の強制もなかった。育ててみれば、牛も家族の一員に他ならなかった。

畑を耕すのがきつくて背中がすりむけて血を流せば、物言わぬだけになおかわいそうだった。そんな時には、一本の骨までも甘んじて捧げるのだと言った高田教授を思いだした。

〈注11〉　一九四八年十月、済州島四・三事件の鎮圧に動員された第十四連隊が麗水で反乱を起こし、順天を占拠し、その後パルチザンとして智異山にたてこもった事件。

―生きていらっしゃれば、今頃どのようにお過しだろうか。思いのままと言えばスキヤキ鍋の中に箸を入れて牛肉をつまみ出し、自我から免れず、甘んじて召し上がっておいでだろう。今ではとても歳を召されたことだろう―

八

限りなく広がる果てしない平原であった。ヒョンは、なくした銃を捜そうといら立っていた。足が地面にくい込んで離れない。双方の軍が入り乱れ、死闘をくり広げ、わめき立てていた。そこに青柳も日高助教授も見えた。中国軍、日本軍すべてが敵に思えた。砲弾が炸裂する。銃、銃がない。銃だ！　銃があった。アー、今度は銃剣と弾丸が見当たらない。押し寄せる敵軍、ドーンと砲弾の音、アアーッ、アアーッ！

彼は眠りから覚めた。ドーン！　と砲声が聞こえた。まだ夜は明けていなかった。

その日は一日中砲声が聞こえていたが、負傷者を乗せた後送列車が息苦しくＰ駅を経て南下した。

もう一晩を明かした翌朝、Ｐ郡には戦車のキャタピラの音と共に、騒々しい人民軍の隊列が通り過ぎようとしていた。累々とした死体、赤旗の示威。

——これは又どうしたことか？　しかし、やりたいなら勝手にやればよい。いずれにせよ私の知らないことであり、私には露ほどにもかかわりのないことだ。君らは君らで、私は私だ——

疑惑、果てしない嫌悪。空も、山も、野原も、目に触れる全てのものが色あせた。花さえも灰色だ。

数日後「北」へ行ったヨンホが、髪を長く伸ばしてＰ郡へ戻るなり、先ずヒョンを訪ねた。

「どうだ、たいそう苦労しただろう？」

「なあに、さほど」

「苦労したはずだ。しかし、今は日帝の盗人野郎も逃げ出したから……」

「……」

「ところでおまえは、なぜこうしているんだ？」

「何を？」

「率先して、任務を果たすべきではないのか」

「任務を？」

「こいつ！　こんなに耐えたのは、この時を待ってのことだろう」

「時を待つと？」

どういう意味なのかと、怪訝そうなヒョンの表情。

「もちろん、予期しなかったことだ！　しかし面喰うことはない」

「そりゃ、衝撃を受けたのは事実だが、僕なんか一介の平凡な俗人にすぎないから」

「それじゃ、このままこうしているつもりなのか？」

「このままで僕は充分だ」

「何だって、黙って見ていて漁夫の利を得るつもりか？」

「僕は農夫だから、鴫《しぎ》も蛤《はまぐり》も狩る気はないね」

「どうしてそうなんだ、おまえは」

思いがけないとでもいうようなヨンホの表情。

「何故って、僕は元々こんな男なんだ。頼むから僕をこのままそっとしておいてくれ」

「そっとしておけだと？　おまえこそ、華々しく活躍すべき人間ではないのか？」

「活躍すべき人間は幾らでもいるじゃないか。僕まで飛び入る必要はない。僕には全てが煩わしく感じられるだけなんだ。それに、君が帰ってくる前、野原へ続く道端で一人の若い軍人の死体を見たんだ。睫毛《まつげ》が長く、髪を伸ばして子供っぽい顔をしていたな。僕よりも十歳ぐらい若く思える少年だ。ひょっとすれば、彼はつい数日前家族に手紙を書き、また隣の少女に思いをはせていたのかも知れない。そう思えば、どうして彼が道端でこのように命を絶たねばならなかったのかと……、納得できない。生きるべき人間が不条理に死ぬ。どうして、誰のせいで?」

「もちろん、人が死ぬのは愉快なことではない。しかし、しかしだ。血の代償なくして、どうして革命の成就を望めると言うのか」

「誰の血、誰が流さなければならない血なんだ?」

「それは革命を妨げる仇敵の血だ、そして、革命に捧げられる人民戦士の高貴な血。もちろん敵の血がより多く要求されるが」

「ヨンホ、君は、死ぬ人間の立場を考えてみたことがあるか? ただひとえに生きようとあがく人間の死を。苦痛と恐怖。死ぬ人間にとって、死はその瞬間、自らの全て――いや世界を喪失させることを」

「しかしだな、新しい希望、プロレタリアートは、その屍を乗り越えて前進しなければならないんだ」

「前進？　どこに向かって前進なんだ。ちょっと聞けば感動的な話ではある。ところがその感動というのが曲者なんだ」

「今はすべてが、革命の避けられない初段階だからやむを得ない」

「一体、そんなに多くの屍を越えて、進まなければならない革命の目的とは何なんだ？」

「搾取なき、階級なき社会の建設だ」

子供のような質問に過ぎない、とでも言いたげな表情のヨンホ。

「僕もそんな社会が来ることを、切に願っているよ。だがその目的に至る過程、それはどんな過程で、又いつまでを過程と見なすのか？　どうなんだ。過程の中でも生きなければならず、人間は継続する過程の中で生きるものではないのか。人生の目的、即ち人間が生きること、生きること自体が目的ではないのか。最終の目的、そんなものがあるはずはない。強いて言うならば、ちょっとした中間の目的があるとでも言おうか」

「何、それじゃヒョン、おまえは、この革命を全く認めないんだな」

「そうじゃないが。革命が獲得したいかなる成果も、人間の生命より尊いはずはないと思うよ」

「すると、歴史自体を否定するのか」

「いや、革命という言葉には確かに魅力はある。歴史家たちもその大半が、革命は歴史の転換に必要な一つの重要な契機だと言っている」

「おまえも、そこまでは否定しないのだな」

「いいや、歴史家たちにとって、単に扱いやすい材料に過ぎないということだ。そう、運良く生きるための切り札を手に入れた人間たちは、泰然とソファーに座り、『少数の犠牲となった生命云々』と御託も並べられよう。けれどあれほどあまたの革命がなかったとしても、今より悪い世の中にはならなかっただろうな」

「これは驚いた」

「いずれにせよ僕は、明らかならざる目的のために、わけもなく他人に憎しみの視線を送ったり、自分の生命を犠牲にするそんな勇気は持ちあわせていないんだ」

「人民の闘争を、そんなふうに見るのか」

「闘争？　どうしてそんなに闘いたがるのか。そんなに闘いたければ、闘いたい者同士が徒党を組んでバトルでも繰り広げれば……。ところが実際は、そうでない人間まで引きずり込んで闘わせるのだから。罪もなく血を流すのは、こんな人々なんだ。君、幼なじみのイクスを見ろ」

「イクス、彼こそすばらしい闘士だ」

「え！　君、今の彼がまともな心を持っていると思うのか？　イクスのような境遇の者が貧しさから抜け出して、人間らしい生活をしなければならないことには議論の余地はない。けれど、今のイクスは……」

「今のイクスは何だと？」

「彼の目を見ろ。何かに熱中するのはよい。しかし彼の目には毒気が満ちている。人なつっこく、善良そうな彼の小さな目に、今満ちているのは憎悪と殺気だけだ。僕は彼と会ったとき、どうして人間があんな目をしなければならないのかと、疑問に思った。そして哀れだという思いが。もちろん、君こそむしろ、こんな僕を哀れに思うかもしれないが」

「一体今が、どんな時なのかわからないのか？」

もどかしそうなヨンホの顔つき。

「う～ん、理由なき憎悪が沸き立っている時だろう」

「理由なき憎悪だと？」

「それじゃ君は、そんな骨身にしみる恨みを誰に抱くようになり、一体誰を呪ってどんなに憎んでいるんだ？」

澄んだ瞳でヨンホを見つめるヒョン。

「今さらそんな質問をするとは」

「君に言わせれば、資本家、地主、親日派、反動分子こんなところだろうか?」

「それに日和見主義者」

間髪を入れずヨンホの声が飛んだ。

「違う、僕は日和見主義者ではない。憎むべきは指摘しうるその誰かではないのだ。人間相互の憎悪とは、憎悪が憎悪を生み出す悪循環しかもたらさない」

「すると?」

「憎むことは人間が身につけた愚かな条件なんだ。君や僕の心の中に潜んでいる人間心理の毒素。他人を抑圧しようとする暴悪性。搾取しようとする非情。他人より優れているという奢り。自らしゃしゃり出ようとする安っぽい英雄主義的おせっかい。他人を生かしも殺しもできるという思い上がり。そんなもんじゃないか」

「いつからおまえは牧師になったんだ」

「僕は信者ではないが、隣人を愛せ。頬を打たれれば、もう一方の頬を出せと言われて二千年ちかくが経ち、人間はやっとこの有様だ。もちろん、君が僕の頬を打つはずもなく、僕も左の頬を打たれて、右の頬を差し出しまではしないがね」

「それで」

「僕は争いごとにはうんざりなんだ。頬を差し出す前に逃げてしまうだろう。いま僕は、人間として生まれたこと自体が恥しいと思われてね。自分自身が嫌で、また誰というわけではないのだが人間が嫌になって。そうかと言って、何か救いようのない絶望を感じ、早まって死ぬことまではできず、生きるままに生きてみようと思うんだ」

ヨンホは、軽蔑と同情が入り混じった目でヒョンを見つめた。資本主義社会の混濁の中で、進むべき道を見つけ出せずにあがいている〈プチ・ブル〉の消極性。彼はヒョンに、革命家たちの英雄的苦難と、自己犠牲について話してやろうと思った。

「革命家たちの自己犠牲について考えてみろ」

「え、どうして自己犠牲なんだ、誰が頼んだと言うのだ。自己陶酔と虚栄に支払われた代価が、どうして犠牲なんだ。ただ代価が高くついたというだけじゃないか。かえって一般大衆にとってはたまったものじゃない。それは不意の災難であり、この上ない侮辱だ」

「侮辱だと？」

「そうとも、侮辱だ。それ以上の侮辱が一体どこにある？　誰から何を受けたと言うのか。むしろ当然受けなければならないものを、長い間妨げてきたのが他でもない、彼ら依頼なき革命請負業者ではないか」

「何だって、革命請負業者?」

「そうだ。彼らは己の感情を持て余して興奮し、悲憤し、時には笑い時には涙を流す。怒号と笑いと涙の中で、罪なき人々が犠牲になるんだ。それに、尊敬と喝采を強制する。生命を授かった人間は、それがどんなにみすぼらしくとも、みな自分の世界を持っているはずだ。それは誰にも犯しえない。彼らは決して、革命請負業者の演技に動員されたエキストラではないのだ。僕はこのように考えるね。やがてチャンスが必ず来るはずだから、その時は素早く割り込んで一儲けようとする人間——そんな人間は、廃品払い下げに目ざとく飛びついて、落札しようとする商売人と何ら変らないと思う」

「……(なに戯言を言っているんだ、こいつは)」

「自分が立ち上がらなければこの社会を救えないという思い上がりは、その廃品を自分が引き受けるので消費者は安価で買えるという、商売人の戯言と変らない。変らないと言うよりも、むしろもっとたちが悪い。商売人は利潤を貪るだけだが、彼らは尊敬と支配まで要求する。頼まれもしないのに請負うのは、もっと人々を苦しめることになるのだ」

「おまえ、そんな意見が通用するとでも思っているのか?」

「話が出たついでに、僕の考えを言ってみただけだ。日帝時代に僕は兵隊として引っ張り出されたが、自分なりに生きてきた。八・一五以後もやはり、僕のやり方で生きてきたんだ。これからも自分なりに生きたいね。騒ぎ立ててみたところで、人間生きるということは、さほどのことではないのだから、僕は僕なりに静かに生きて行こうと、ただそれだけなんだ」

「それは出来ないなあ。革命は無為の人間を誰一人として認めない。麻痺した人間の眠りを覚まし、その頭の中に新しい意識を吹き込まなければならない。それが革命だ」

ヨンホが帰った後、ヒョンは板の間に座って一人憂いに浸った。悔やむことはなかった。話さずにはいられなかった胸の中のその何か。

ぼんやりと花畑を眺めた。数日前には感じられなかったが、花はそれぞれ個性を美しく表現していた。人間は花にも諸々の意味を付ける。情熱、不安、悲哀、高潔、罪悪、憤怒、模糊、温順、狂薬。しかし花はただ美しいだけなのに。時が来れば咲き、時が経てば静かに散る。ところが人間は、花に自分勝手な意味をつける。のみならず人間自身を色分けして、敵と味方をつくり、刃で互いの胸を狙う。

今までヒョンは、キリストの説く黄金律に反する行いをしたことはなかった。即ち、他人から苦しめられたくないように、自分も他人を苦しめないという信条を、堅く守ってきた。だがここに来てヒョンは、波状的に押し寄せる脅威を感じ始めていた。

今回の革命請負業者は、今までの類ではなさそうであった。一人も逃すことなく、手出ししておこうとする有能で過酷な業者。隅々まで暴こうとする執拗で緻密な計算家。ヒョンが身をすぼめている殻も、彼らの鋭い視線から逃れられそうもなかった。

きびすを返したヨンホは舌打ちをした。

「何だって、そんな奴がいてたまるか」

今回、彼が工作任務を受けて故郷のP郡へ派遣されたことは、三年を越える辛酸を償ってもまだ余りがあった。彼は、故郷の人々が自分に注ぐ眼差しに、かなり満ち足りたものを感じていた。勝利者に送られる尊敬と驚嘆、畏怖と羨望の眼差し。でなければ、トゲの生えた怒りと憎悪の眼差し。どんな眼差しであろうと、そこには何がしかの反応があった。ところがヒョンの目はそうではなかった。いかなる反応もなかった。恐れの色どころか、無関心と倦怠と嫌悪が入り混じった目に、どこか憐憫と同情さえ宿しているではないか。

恐怖の中で、あるいはまた頑強な組織の中で、あれほど努力して積み上げた塔を、あんなにも軽く一瞥するとは。その上、手の施しようの無い虚妄の論理。

（革命請負業者だと……）

勝利者として、余裕と寛容をもってヒョンの話を聞き流した自分が、奇特というよりも愚かだと思えた。胸の片隅に生じた綿菓子のような空虚。ヨンホはその空虚を、憎悪の炎で埋めていった。


それから十日が過ぎたある日。七月の空の下、蒸すように熱い土の上、革命請負業者たちは一つの宴を催した。かっと照りつける太陽は、凄惨な宴には余りにも強力な照明であった。未だもって明確な態度を決めかねてふらふらしている「人民」に、神へのいけにえを捧げ、彼らの手に人間の血を塗りつけて、一人一人の胸の中に決定的な恐怖と、憎悪の種を植え付けなければならなかった。罪悪のかけらは分かち合わねばならなかったのである。

Ｐ村の中央十字路で開かれた人民裁判、ヨンホはそこにヒョンを呼んだ。ヒョンに血を見せて、その反応を窺おうとしたのである。

予定していた糾弾と、計画どおりの群集の喚き声があふれて、人間の仕業とは思えない残忍な興奮の坩堝と化したとき、ヨンホは横に引き止めて置いたヒョンの顔を凝視していた。

――必ず何か変化が起るはずだ。超然と孤高を保っているおまえでも、石ころでない限り、必ず何らかの心の動揺が生じるはずだ。恐怖、うろたえ、仰天、哀願、そうすればおまえは易々と俺の手中に入る。それは屈服。おまえの邪説は結局一つの観念の戯れだ――

最初の犠牲者、国民会会長が言い渡しを受けるや、群集の異様な喚き声と共に、執行者たちの手に握られた太い棍棒が、血の気の引いた白髪混じりの頭上に打ち下ろされた。骨が砕ける音。肉が裂け落ちる鈍い音。

（どうだ？）

ヨンホはヒョンを穴のあくほど見つめた。しかし彼は、ヒョンの顔から一片の恐怖の色も見出せなかった。硬化はしているが、ヒョンの顔にはただ汗が流れ落ちているだけであった。

（そんな！）

しかしそれはヨンホの見誤りであった。ヒョンの顔を流れる汗は、暑さのためではなく、胸の中で燃える怒りの炎のためであった。二番目の犠牲者が引っぱり出されたとき、その汗は全身の血管からにじみ出る血となった。犠牲者は他ならぬ趙先生のお父さんであった。ただ馴染めない生活を拒否し、南へ逃げてきたこと以外にはいかなる反抗も企てはしなかった。そんな無力な一介の老人にすぎないのに。その瞬間、ヒョンの脳裏に趙先生の姿がよぎった。

ヒョンは汗がしたたる顔をヨンホに向けて、じっと見つめた。その奇妙な目の輝きと、口元にうかべた薄ら笑い。これが共に育った友人……、人間の顔とは。

その顔が目の前で大きく拡大されるような錯覚を感じるや、ヒョンの口から裂けるような悲鳴が飛び出した。

「人殺し!」

長い回想に浸っていたヒョンは、閉じていた目を大きく開き、暗い空にびっしりと刻み込まれた星を眺めた。ポタッ! 洞窟の天井から落下する水滴の音。いつの間にか風が止み、虫の声も聞こえなかった。

それからは辿りうるはっきりとした記憶がなかった。それは記憶の不連続線。瞬間的に突き出した自分の拳に倒れたヨンホ。前に立ちはだかっていた治安警察の小銃を引ったくって、群衆の隙間から抜け出した記憶。修羅場と化した十字路。執行者たちの怒鳴り声と群衆の悲鳴。数発の銃声。目の前に垂れていた黄褐色のベール。そのベールを通して目に飛び込んだ地面を踏み、どこをどう走ったのか。追われた末に河にたどり着き、水の中に飛び込んだ記憶。それでも小銃はその手にあった。

―あの時の衝動。そうせざるを得なかった心の衝動は何だったのか。この目で目撃した殺人。目撃は一種の黙認。黙認する群衆の一員として、そのまま見過すわけにはゆかなかった心の琴線。そして痛み。犠牲者の頭と肩と腰に下される痛みは、すなわち自分自身に加えられる痛みであった。どうして？　自分と犠牲者と全ての群衆。そこにはいかなる肉体的な結びつきもなかった。ところが私は痛みを感じた。そして、その痛みから脱け出そうとした。結局、逃亡してしまったのだ―

ヒョンは過ぎ去りし日の、幾たびかの抵抗の衝動について思い出してみた。

日本人教授に対する反発―自己嫌悪と共に身をすぼめた退却。

校長に対する抗議―気まずく辞職してしまった「敗北《ぺーべ》」。いや「敗北《はいぼく》」。

日本軍からの脱走―そしてまた延安からの逃走。逃避の連続。

一度でも、正面から闘ってみたことがあっただろうか。ただ一度。それは極めて幼かった頃のこと。祖父のこぶのことで、顔に流した血とずたずたに破られた服。ところが意外にも祖父は私を叱った。全て具合の悪いことに背を向ける習性が、私の心に宿ったのは何時からだったのか。そして、殻の中に身をすぼめた三十年の決算は、結局逃亡に終止符を打つことであろう。

それでは今こうして負け犬のように耳を垂らして、再びP郡に戻って来たのはどういうわけなのか。地球の果てまで逃げおおせなかったためだったのか。洞窟の中に置き去りにした小銃のせいだったのか。それとも寂しさ故であったのか。実際限りなく寂しかったし、今でも言いようもなく寂しい。茂みや谷間の暗闇の中で、寂しさに勝てず幼子のように母を恋しがった日々。お母さん――三十年にわたる辛苦を耐えて育んでくれた母を捨て、顧みることなく一人で逃亡したのだ。

寂しさ。それは多くの人々から離れて、一人でいる寂しさではなかった。一度も彼らと一緒にいたことがなかったという認識からくる寂しさであった。一緒にいても、そこには見えない障壁が立ちはだかっていた。完全に断絶されていたのである。

耐え難いこの寂しさ。そこから更に、喉の渇きをおぼえるほどの恋しさ。どうして人が恐ろしくもなり、また恋しくもなるのか。波状的に押し寄せる恋しさ。その恋しさの中から、より鮮明に浮かび上がる一つの顔。

それはこの洞窟に這い上がる直前。今は漆黒の暗闇の中に埋もれたあのP村。その村のきらきらと流れる小川の前で、出会った趙先生の顔。汚れた服に擦り切れた草履。無造作に後ろへ束ねた埃まみれの髪の毛。日焼けした顔。驚愕に満ちたあの瞳。ヒョンはそこに人間の侮辱を見た。絶望と悲しみが入り混じって、ぼんやりと定めどころのない瞳。生きている人間があんな目をしなければならないとは。そこに突然、喜びの色が込み上がってきて、どっと流れ落ちる涙、いやそれは血だ。

――夜が明ければ趙先生がこの洞窟へやって来る。こんな中でも一筋の光は射すのだ、その時を待ち一眠りしなければ――

彼はまわりの草を集め、下に敷いて横たわった。小銃に弾を込め、それを枕の代りにした。錆付いた鉄の匂いがする。見上げれば無数の星が美しかった。星は互いに引き寄せながら、あのように各々が輝いているが、ヒョンにはそんな実感がしなかった。

ふと胸に湧き上がる一つの不安があった。趙先生と別れ、村の入り口を通り過ぎた時に感じた視線、水車小屋の藁屋根の下で自分をじっと見ていた一人の若者の視線を。

しばらく離れなかったその不安は、すぐ疲れの中へ散らばって彼の目蓋《まぶた》が合わさると、いつの間にかかすかな寝息が聞こえた。

第二部

谷あいに立ち込めた霧を裂いて、血のような真っ赤な太陽が、ぐぐぐっと昇ってきた。広がっていた霧が、ゆっくりと洞窟に向かって這い上がって行った。

冷気の立ち込めた谷あいの茂みから二つの影が現れ、霧に紛れて洞窟に向かって登り始めた。こうべを垂れて前を歩く高老人と、後につくヨンホ。ヨンホの腰には、ななめに差し込まれたソ連製の真新しい拳銃。

ドーン！　と遠く南の方から砲声が聞こえた。

ヨンホの神経をピリピリさせるあの音。それに、どうしてこんなに切り立った鋭い岩場が続くのか。ヨンホは苛々して歩いていた。人民裁判の折り、ヒョンの拳に倒れたヨンホはすぐさま体を起こすことはできたが、彼が積み上げてきた功績の塔は、その瞬間粉々に崩れてしまった。もはや今となっては、ヒョンに対する心理的な対決が問題ではなかった。

彼はその後、党中央情報部よりヒョンが過日、延安から脱走した嫌疑で逮捕して引き渡せという指令を受けるや、雪辱をはらすのにうってつけの任務を与えられ、やきもきしながらヒョンの行方を捜していた。

昨夜、ヒョンが現れたという情報を入手すると、囮《おとり》として高老人を引っ張り出したのである。

――あ奴め、延安まで行って、あんな得難い経歴を持ちながら、革命に背き、俺の血と汗にまみれた塔を崩してしまうとは――

高老人は歩くというよりも、持ち上げた足を、辛うじて運んでいるに過ぎなかった。人民軍がＰ郡に現れた後、彼は八十年の生涯で幾度か越えて来た山場とは異なり、如何なる切り札も見つけるすべがないような絶望を感じた。国民会の仕事をしていたヨンソンはどこかへ逃亡し、三番目の息子は義勇軍へと引っ張られた。もしやと一縷の望みを掛けていたヒョンは、よりいっそう果てしない絶望のとばりを老人の前に垂らしてしまった。そのとばりを突き抜けて、辛うじて漏れ入る一筋の光。彼は今、それを探していばらの道を歩むがごとく、道なき鋭い岩肌を歩んでいた。

流れる霧の隙間から青黒い洞窟の前に岩が見えるや、老人は歩みを止めた。そして霧が流れゆく向こう、松林の中にある亡き父の墓を見つめた。

「さあ！」

背後から冷ややかなヨンホの声と共に、カチャッと拳銃に弾を込める金属音がした。

老人は洞窟へと向かった。そして重い口を開いた。

「ヒョン！」

長い歳月でしわがれた重みのある声が、悲しく響いてこだまとなった。

「ヒョン！」

ぼさぼさ頭に澄んだ鋭い眼が、用心深く岩の上に現れた。

言葉にならない懐かしさが、どっと老人の胸に湧き上がった。

その懐かしさは、又たとえることのできない苦痛。

「早く話せ！」

ヨンホの声。

老人は重い口を開いた。

「ヒョン、私の話をお聞き……、おまえが降りて来さえすれば……。全て、許して下さるそうだ。ヒョン、心配せずに降りて来なさい……」

彼は話を止めてヒョンの返事を待った。耐え難い沈黙の一瞬。返事はなく、ヒョンの顔は再び岩の下へと消えてしまった。

老人は一歩足を踏み出した。

「ヒョン……」

もう一歩。

「ヒョン……」

思わずヒョンの名を呼びながら、洞窟の方へ近づいていた。

「ヒョン、ヒョンよ、お前の母さんも……」

老人は途中に立ち寄ったヒョンの母のことを、ふと思い出した。ヒョンの母は、彼とヨンホには見向きもせずに。

「ヒョン、私の息子よ」

低い声で息子の名を呼び、分厚い聖書を朗唱していたヒョンの母。切々と焦がれるような声の響きは、今も老人の耳に残っていた。どうしてあの声の響きに、あれほど侵しがたい威厳がこもっていたのか。

「……神はアブラハムを試みて彼に言われた、『アブラハムよ』……神は言われた、『あなたの子、あなたの愛するひとり子イサクを連れてモリヤの地に行き、わたしが示す山で彼を燔祭《はんさい》としてささげなさい』。アブラハムは朝はやく起きて、ろばにくらを置き、ふたりの若者と、その子イサクとを連れ、また燔祭のたきぎを割り、立って神が示された所に出かけた。三日目に、アブラハムは目をあげて、はるかにその場所を見た。……アブラハムは燔祭のたきぎを取って、その子イサクに負わせ、手に火と刃物とを執って、ふたり一緒に行った。……イサクは父アブラハムに言った、『父よ』。彼は答えた、『子よ、わたしはここにいる』。イサクは言った、『火とたきぎとはありますが、燔祭の子羊はどこにありますか』。……彼らが神の示された場所にきたとき、アブラハムはそこに祭壇を築き、たきぎを並べ、その子イサクを縛って……刃物を執ってその子を殺そうとした時、主の使が天から彼を呼んで言った、『アブラハムよ、アブラハムよ』。……み使いが言った、『わらべを手にかけてはならない。また何も彼にしてはならない。あなたの子、あなたのひとり子をさえ、わたしのために惜しまないので、あなたが神を畏れる者であることをわたしは今知った』。この時アブラハムが目をあげて見ると、うしろに、角をやぶに掛けている一頭の雄羊がいた。アブラハムは行ってその雄羊を捕え、それをその子のかわりに燔祭としてささげた。……」

「そこで止まれ！」

後ろから鋭く射るヨンホの声。

高老人は、はっとそこで立ち止まった。もはや自分の生涯は尽きたという感じがした。それは掌中に握られているがごとく明らかであった。

ドーン！　とまた遠くから砲声が聞こえた。近づいては遠ざかり、そして再び戻って来るあの音。いっそ一度だけで永遠に戻って来なければ……、そうであれば、老人はたとえ地獄のような残酷な現実の中でも、何とかして生きようとあがいたはずだ。三男が義勇軍に引っ張られた時も、骨をえぐられる痛みを感じながら、辛うじて足の置き場を見い出した。

ところが再び戻って来るあの音。

――もしやあの音は、次男のヨンソンが戻って来る知らせかもしれない――

老人の心はずたずたに引き裂かれて、絡み合って、激しくよじれていた。

振り返って父の墓がある方に目をやった。そして、苦しみに耐えるかのようにそっと目を閉じた。その一瞬に、老人は八十年の自分の生涯を思い返した。辛く長い生涯、幾度も激変した世の中。どれほど多くの苦痛と屈辱をこらえて、血筋を繋ぐのに尽くしたことか。自分に命を授けた父親。遥かに遡る代々の先祖。

老人は、ヨンホの強要をもう何とも思わなかった。ただ長い人生の中で、常に強要する声に脅えてきた自分が、憐れでならなかった。

それでも自分なりに、与えられた八十年の生涯を、がむしゃらに生きようとして頑張ったという思いがした。

またもやドーンという砲声。あの砲声さえなければ、ヒョンを呼び出そうと老人はもう一度努力したかもしれなかった。しかし、近づいて来るあの音。生と死！　そのどちらか一つの選択を強要するあの音。

老人は再び洞窟を見上げた。あの洞窟の中で息子が死に、今またあの中で、孫が死と直面している。そして、自分自身もそれを目撃し、危機の瞬間に立っている。この不思議な宿命的不幸の符合、もう一度老人は父が眠る墓に視線を向けた。このような過酷な宿命の鎖に絡むほど、自分は祖先の骨をぞんざいに葬りはしなかったと思った。それならこの巨大な異変――戦争を前にしては、過去のいかなる原理も色あせるのであろうか。血統存続という拠りどころの喪失。骨の髄まで染み込んだ風水原理を固く信じて、祖先の骨を背負って生きてきた努力の虚しさ。

虚脱してゆく心の中で、しだいに一つの新しい感情が芽生えた。全てのものが、定められた宿命から脱け出しているという解放感と、次の瞬間の運命は、誰にもわからないというある種の感動であった。その感動の中で彼は、八十年の生涯で初めて、何ものにも囚われず、純粋に自分自身で意志を固めた。

―ここまで立派に耐えてきた誉めるべき私の生涯。墳墓のせいでも、首にぶら下がった福の象徴たるこぶのせいでもない。徒手空拳、裸一貫で全力を尽くし、生き抜いた八十年の人生、私はこれで充分だ。後は死に方だけだ。ヒョンよ、おまえこそ生きなければならない―

早瀬のごとく感動が老人の全身を流れた。髪の毛と髭が日の光を受けて銀色に輝いていた。大きく息を吸い込んだ。

「ヒョン！　おまえは生きなければいけない。あの大砲の音を聞け。何としてもここから逃げて……」

その瞬間、背中を突き抜ける火の玉を感じた。重心を失って草むらに倒れる老人は、銃声がこだまする中でヒョンの絶叫を聞いた。懐かしいその声。

「おじいさん！」

カチャ！　不発弾を取り出して、弾丸を込めたヒョンの小銃とヨンホの拳銃から火花が飛んだ。その瞬間、ヒョンは左肩に熱い銃弾の貫通を感じると、ヨンホがゆっくりと左に体を捻りながら草むらに転げ落ちるのを見た。

「おじいさん！」

岩を越えて駆け下りようとしたヒョンは、くらっとしてそのまま岩の上に倒れてしまった。肩を握り締めた指の間から、赤い血が吹き出した。地面に引き込まれそうな意識の降下。肩の苦痛―ちょうど三十年生きて、今ここで死ぬんだ。考えをまとめなければ。命が絶える前に何かを。考えをまとめてみよう。これがはたして人間の生？　三十年！　どのように生きてきたのか？　現実からの回避、逃避、昼夜を選ばぬ逃避、回避、逃走。その他に何をして過ごしたのか、全く思い出すものはなかった。最初の弾丸のごとく不発に終った三十年。それは零《ゼロ》、生きた屍。それならば、結局生きたことにならないのではないか。

私は、次の弾丸でヨンホの胸を撃ち抜いた。人を殺したのだ。他人には指一本触れまいと決めていた私が、人を殺したのだ。憐れなヨンホ。ヨンホと私との間には、何の恨みもなかったのに。人間は、これだから罪人と言うのか？　やむなく人を殺す人間の悲しき定め。罪を内包した人間の宿命。それは原罪？

生い茂る花畑の垣根の中で、自分に罪はないと自らを眠らせているとき、外では黒い雲と吹き荒ぶ嵐が、そして人々の死の悲鳴が準備されていた。

それは先ず、自分が叫ばなければならない悲鳴だったのかも知れない。あの幼い兵士の代りに、自分が道端に横たわらなければならなかったのかも知れない。私のような人間が今なお生き延びて、生きているべき人間が死んでいった。こんなことがそのまま許されると思うのか。洞窟で死んだ父。炎のごとく生きて、惜しげもなく命を一瞬に燃やした父。父は、生き残った人々の代りに死に、彼らの生に何らかの意味付けをしたのかも知れない。

あの草むらに横たわる祖父。死体ではなく、それは生の証し。全ての不合理に裸で抗い、不合理の中でやはり不合理な生を主張した血の滲んだ一人の人間の歴史。巨人の最期のようなその死。

母。か弱い女性の身で、あれほど耐えた人間の痛み。その痛みを越えて私に注ぐ愛、亡くなった父への愛、そして身を委ねた神への愛で、全てのものを高めた母。

おまえは何時、どんな痛みに耐えたというのか。殻の中で痛みを拒んだ無礼と卑劣。おまえはくだらない奴だった。瑞々しい女性の肌にふれるのが怖くて、自慰行為で自らの肉体を欺いた情けない男。担うべき責任が怖くて自己弁護に汲々とした卑怯。

殻の中に身をすぼめ、モグラのように太陽の光をはばかった生きざま。生きたのではなく、ただころがっていただけだ。さながら石ころのように。結局おまえは生きてみたことがなかったのだ。生きてみたことがなかったならば、死ぬことも出来ないのではないのか。生きてみたこともなく死ぬということ、いや死ねないという歯がゆさが、ヒョンの胸に語りえない恐怖の感情を急きたてた。彼は失われゆく生命の力を振り絞り、この恐怖の感情に反発した。

―生きなければ。そして生きたという証しを示して、死ななければ―

ヒョンが生きようと必死になるや、反発の感情の中から、予期せぬ新しい力が芽生えて湧き上がるのを感じた。その力が少しずつ、少しずつ、胸の中で重みを増してゆき、全身に充足してゆくのを感じるや、彼は胸の中で突然、バリバリと壊れる自分の殻の音を聞いた。粉々に砕け散る殻。それと共に、そこに無数の火花が飛びはぜた。

それは、新しい次元への飛躍を約束する火花。無数の火花。眩いばかりのその閃光。燃え上がる生への意欲。全身を流れる生命のうねり。痛切に感じられる解放感。

ヒョンは、果てしない青空へ、胸が開け放たれたような爽快さを感じた。

残った一発の弾丸。その弾丸のように、私は生き残ることにしよう。そうすれば、どうなるのか。それは誰にもわからない。先ず自分自身で選ぶべきだ。その次は――それは、いっそう誰にもわからない。

明らかなことは、回避したり逃避しないこと。回避せず、どうあろうと正面から対峙しよう。逃避できないほど切迫したこの立場。正面から対峙しなければならない緊迫した状況が、とうとう目の前に迫ってきた。

すでに花畑の時代は終った。

生きて、先ず革命請負業者たちを拒否しよう。騒ぎ立てても、人生がより無意味になるだけだということを、骨身にしみて思い知らせてやろう。忌み嫌いあざ笑うだけでなく、正面に身を投じて拒否しよう。私のような立場の、いや、私以上の境遇にいる無数の人々。

隣人をうかがう目・耳にも注意をはらい、話し掛ける一言にも他人を苦しめはしないかと気づかう人々。老人、若者、幼子の数多くの顔……。懐かしいその顔があるではないか。私は孤独ではありえない。これからは、失った自分自身を、彼らの中で見つけ出さねばならない。そして、請負業者たちを隔離し、与えられた大地の上に、仲間と共に新しい村をつくろう。そこに、おまえの新しい人生を捧げるのだ。請負業者たちの傲慢と暴悪を、まさに同じ人間である自分自身の恥として、ひたすら苦痛を耐え忍んできた「もの静かな」

人々、狂気の革命請負業者は消え去り、「もの静かな」人々の世界がやって来なければ。

もの静かな人々の世界……。

ヒョンは、胸の中から湧き上がる熱いものを、押さえることが出来なかった。ぶり返す肩の痛み。大地の上に満ち満ちたこの何百倍もの痛み。これぐらいの痛みならば、喜んで受けて、やすやすと耐え抜かなければ——そして生き延びて、先ず親しい人々に私が体験したことを、静かに聞かせてあげなければ。

ヒョンはかすみゆく意識の中で、自分の名を呼ぶ声を聞いた。ドーン！　と聞こえる砲声よりも、より近くに聞こえるあの呼び声。

「ほらあの声、もうそこまで来ている恋しいあの人の声」

泣くような呼び声は、しだいに洞窟に近づき、近づきながら山と山にぶつかり、谷あいにこだまし、またこだまを引き起した。

山また山。どこまでも続く山並み。うねる渓谷。永劫の静寂は破られ、そこに新しい生命が翼を広げ、今まさに、羽ばたき始めようとしている。


（訳　海部和子・塩川慶子・小澤正三）

水豊ダム

京釜《キョンプク》高速道路をはじめ、最近の舗装された道路を車で走ると、とても爽快である。春から夏の緑が濃くなるころには、窓から眺める左右の風景は如何ばかりか、と思わせるほどである。

走馬灯のように見える大小の村落の所々に、草ぶきの家が混在しているのが少々気になるが、沿道の草ぶき一掃というのが当局の方針らしいので、それまで気長に待つことにしよう。

少し前、春川《チュンチョン》まで漢江《ハンガン》の流れにさからって舗装道路を走らせ、ダムを眺めながら鉄橋を渡っていたら、六・二五の際に後方部隊と最前線の間をジープで往来した頃のことを思い出した。

今も京春《キョンチュン》舗装道路には、かぞえきれないくらいの峠を越えなければならないが、当時その曲がりくねった道は、気分が悪くなるほどで、またその埃がひどく、まるで頭からパガジ〈注1〉で浴びせたように埃だらけになった。しばらく走って互いの顔を見ると、まつ毛に黄な粉のような埃がはえているように見えたものである。

それが今では、一時間半ほどで春川に到着する。車から降りて、顔を見合わせても、一様に散髪したばかりのようにすっきりしている。

歳月とは、流水のごとく、ただ流れるだけではないという思いである。山河は昔のままであるが人傑はその姿を見ず——という古時調《コシチョ》〈注2〉は、今ではそれこそ昔話になってしまった。

そんなことを考えていた私の脳裏に、ふと水豊《すいほう》ダムにまつわるひとつの哀話が浮かんだ。

ここ何年かの間、舗装道路とダムと鉄橋を造るために、山を穿《うが》ち、丘を崩し、野原を削ることによって生じたさまざまな人間の哀歓は多いだろうが、水豊ダムにまつわる話ほどすさまじい話は、稀ではないかと思われる。いや、稀というより、全く他には存在しないであろう。

勿論それは、当時の社会状況と現在の状況が質的に異なるため人々の社会通念がそれだけ目覚めたせいだとも考えられるが、さて——単にそのためだけであろうか。

水豊ダムは一九四〇年四月に着工し、一九四二年八月に竣工した、出力常時四十万キ

〈注1〉　瓢箪でつくった韓国式の器。
〈注2〉　朝鮮固有の定型詩。

ロワット、最大七十万の発電能力を誇示したダムである。

朔州《サクジュ》地方を悠々とさかのぼって流れる鴨緑江《アムノッカン》を二つに切断して跨《また》がるように座ったこのダムの流域面積は、四万五千平方キロに達した。したがって九曲面水豊洞《クゴクミョンスプンドン》は、完全に水没してしまい、事実上、朔州という村は無くなったわけである。

貯水池の面積が三百四十五平方キロで、満水位の標高が百二十二メートルといえば、十分に見当がつくだろう。戦争とは苛酷なもので、六・二五の際、国連軍がこの水豊ダムを破壊してしまったが、その後、北朝鮮がソ連の技術援助を受けて復旧し、現在七十万キロワットの出力になっている。

北朝鮮は、国連軍による水豊ダムの爆撃を最も非人道的な仕打ちだと内外に宣伝しているが、彼らにはそのようなことをいう資格はない。なぜなら国連軍が水豊ダムを破壊したのは、過熱した戦争時のことであり、北朝鮮はそれに先だって、平和時の政治手段として、水豊ダムからでる電力の南への供給を断っていたのだから。

国土分断が固定化するころの一九四八年五月十四日、この時点まで供給されていた五万七千キロワットの電力を容赦無く止めることによって韓国を暗黒化し、南の同胞の日常生活に不便をもたらしたのみならず、韓国の産業を麻痺させることをもくろんだのである。

日本がその帝国主義的な毒牙で満州に食いついたあと、南満州と朝鮮半島一帯の工業化のために水豊ダムの建設を急いだことでわかるように、このダムは着工当初から運命的に政治的危機を孕《はら》んでいたと言える。当時、傀儡《かいらい》満州国との共同経営であるという関係上、電力管理令によって設置された特殊会社を「朝鮮電力株式会社」と「朝鮮水力発電株式会社」の二つの会社にして、株式を半々に分け持ち、密接な関係を保ちつつ管理の一元化を図ったのである。現在も水豊ダムに対する北朝鮮と中国との関係は変化していない。朝鮮半島や満州が日帝下でそうであったように、今日、北朝鮮と中国は体制上、同類同色とはいえ、鴨緑江は依然として我々の川で、遼東《りょうとう》半島と間島《かんとう》が中国人のものであることには、溜息をつく思いである。

さて、ここで問題は、当時の貯水池面積が三百四十五平方キロにも及んだことにある。たとえば、定住してから百年を越す承風憲《スン・プンホン》という人の家屋敷と、その周辺の田畑は勿論、五代前の先祖まで祀《まつ》った墓が、この貯水池の底に沈んでしまったのである。

そのとき、承風憲はどのように身を処したか？

それがこの話の核心と言えるのだが、それを話すには、承風憲の父の時代にまでさかのぼらねばならない。

承参奉《スン・チャンボン》と呼ばれていた承風憲の父は、承氏がかなりの両班《ヤンバン》〈注3〉だということを自慢する癖を持っていた。口さがない連中は、度が過ぎるほど「両班」を主張する彼を皮肉って、承氏とは、元来あった姓ではなく、その始祖は、ある破戒僧の私生児として生まれ、寺男をしていたが俗世界の人間になり、承氏と名乗るようになったのであり、「承《スン》」字の音はまさしく「僧《スン》」に通じるものだとしきりに皮肉った。

平安道《ピョンアンド》には、もともと自称両班が多く、それぞれもっともらしい族譜〈注4〉を所持していたが、それをそのまま信じる人はめったにいなかった。自称両班たちでさえ、集まって酒でも一杯となると、互いに先祖自慢をするにとどまらず、他人の先祖をけなしあうのが日常茶飯事であった。とは言っても、青筋を立てて、にぎりこぶしを鼻先に突きつけるような口喧嘩は起こらなかったし、暴力沙汰に至るまでのことはなかった。ソウルから本物の両班が来たといえば、それが乞食のような格好でも、競って丁重にもてなすことがもっとも両班の格をあげることだと、錯覚していた。

しかし、承参奉（なぜ、参奉〈注5〉とよばれるようになったのかは不明である）は、自分の血統を堅く信じていた。彼は酒席の戯言《たわごと》に窮すると、切り札として「賤家《せんか》十三姓」という俗説を唱えた。

「千・方・地・丑・牛・骨・馬・皮・明・太・田・ト・鞠」の十三姓に含まれていないことを強調することで、承氏が立派な両班であることの反証とした。彼が公式の場所で持ち出した文献のひとつは、『通志《つうし》』で、そこに「邑《むら》をもって氏をなす（以邑為氏）」とあるのをさして、承州という郡の承の字をとったのだという。

また『世本』によれば衛という国の大夫承成叔《スン・ソンスク》の後裔であり千乗の待遇を受けた家系だと自慢した。

その承参奉が、一八九五年高宗三十二年に断髪令が下された後、名実ともに両班になった。それも一片の紙切れによるものではなく、両班に相応しい行動によって紛れもない両班になってしまったのである。

いわゆる親日内閣といわれた金弘集《キム・ホンジプ》内閣の内務大臣であった兪吉濬《ユ・キルジュン》が先頭に立って断髪令なる行政処置をとったときのことである。

〈注3〉　高麗、李朝時代の特権的な身分階層。文官を東班、武官を西班といい両者を合わせて両班といった。
〈注4〉　家系図
〈注5〉　李朝時代の官職。

今思えば、李朝末期にあって、改革のために政府がそのような決断を下したということは重大なことである。

しかし当時の民衆たちは、それを改革のための風俗的変化としては受け入れず、親日派が日本的なやり方で、固有の美風を抹殺しようとする乱暴な処置と見た。

そのため大臣の中には上疏《じょうそ》〈注6〉してその地位を辞した者もいた。甚だしきは軍乱に至った地方まであった。

断髪に対する当時の反応はそれほど大変なものだったようで、宋相壽《ソン・サンド》の書いた『騎驢随筆《キロスピル》』にはそれにまつわるさまざまな話が記録されている。

— 趙秉膺《チョ・ピョンフン》参謀の夫人である金氏は、まげをきって服装を変えた夫が自分の部屋に入るや、起き上がり、穴が開くほどじっと夫を見つめた。「なんと変り果てたお姿に。いったいあなた様はどなた？　ソンビの服をお捨てになって、乱臣に成り果てるとは。そのうえ、ご両親から譲り受けた御身を台無しにしてしまうとは……賊子でなくて何ですか。わたしは乱臣賊子の妻であることはできません」と、遺書をしたためて箪笥《たんす》に入れた後、彼女は喉を突いて自決した。そのとし十六。

夫唱婦随の時代に、この整然とした道理と自主的な決断には、驚嘆せずにはいられない。

また、李興宰《イ・フンジェ》という人は二日間、食を絶ち、山に登り、慟哭の果てに気力尽き、そのまままこの世を去ったという。やはり断髪令は、国母閔妃《ミンビ》の殺害に続いて、日本によって加えられた屈辱のひとつとされている。

ソンビとしての誇りが、このような屈辱に耐えられなかったと言うのか。

李鳳煥《イ・ボンハン》という人も「何たる災難であろうか、東方礼儀の国が夷狄から災いを受けるとは。あげくの果てに死なくしては、頭髪さえ守ることができないようになったのか」と文をしたため、先祖の霊前に奉り、絶食すること七日、そのままこの世を去ったという。

断髪令にまつわる話が、ひとつの漏れも無くこの『騎驢随筆』に収められているわけではない。ここに紹介する承参奉の話も、その記録からぬけ落ちたもののひとつだ。

記録として残らなかったほど、鴨緑江流域の朔州は山間僻地であったが、断髪令が下された翌年の早春には、承参奉の耳にも断髪令にまつわる穏やかならぬ噂が聞こえ始めた。

〈注6〉　天子に文章を奉ること。

昔から三千里錦繍江山《クンスカンサン》〈注7〉の他の地域に比べて、鴨緑江や豆満江《トゥマンガン》流域に暮す人々の頭髪に対する関心は異常なほど深刻なものがあった。

それは満州と一衣帯水の鴨緑江を挟んで対峙していたという歴史的理由のためである。李朝末に、鴨緑江を渡って西間島《ソガンド》に行った人びとの中には、生活の必要性から満州化する人たちもいた。その地の風俗を受け入れ、胡服を着て弁髪にした人びとを指して「オルテノム」〈注8〉とあざけた。つまり鴨緑江流域の住民にとって、まげは東方礼儀之邦人としての最もはっきりした象徴であった。

それほど結髪の形に鋭敏な流域住民にとって、断髪令はまさに寝耳に水であり、青天の霹靂《へきれき》であった。

承参奉は風の便りに、李興宰《イ・フンジェ》や李鳳煥《イ・ボンハン》らが断髪令に抵抗して死んだという噂を耳にした。あちこちで軍乱が起こっているという噂も伝えられてきた。

漢陽《ハニャン》〈注9〉の何処であったか、ある人がレンギョウの花のしげみに座り込んで、息を殺して隠れているうちに、うっかり居眠りしてしまい、花の間から鋏を入れられて、チョキンとまげを切られたというあきれた話も聞こえてきた。

そのような話を聞き、自分が直面するかも知れない、さまざまな場面を考えれば考えるほど、承参奉は動転してしまい、いてもたってても居られない日々を送らざるをえなくなった。

承参奉も断髪令は間違いなく、日本人の仕業であると信じていた。

――それにしても中国人は、そこまでしなかったのは、やはり彼らが大国の人であるせいだったのか？――それに比べると日本人は、やはり倭人〈注10〉なのか。

承参奉はそう考えたりもした。

竹馬の友である漢方医の金道士《キム・ドサ》が平壌《ピョンヤン》に行って、そこでまげを切られ、その格好ではとても朔州に帰ることができず、まげが結えるほど髪が伸びるまで、親戚の家にとどまっているという噂を聞いたとき、承参奉の不安は頂点に達した。

次の日から承参奉は全く食事をとらなくなった。心配した息子が粟の重湯《おもゆ》を勧めたが、拒絶し続けて、三日目になってようやく、少しそれを口にした。

〈注7〉　錦繍のように美しい自然という意味（朝鮮の称）。
〈注8〉　中国人をさす差別語。
〈注9〉　現在のソウルのこと。
〈注10〉　小国人

そのころになると、不安のあまり取り乱していた気持ちは鎮まり、澄んだ心で死に方を模索するに至った。

一睡もせず夜を明かした彼は、鶏の鳴く前に床を離れ、鴨緑江の岸に行き、流れる水をすくって体を拭った。それから家に戻ると、きちんと朝食をとり、新しい服に着替えて、小高い丘の頂にある墓所を訪ねた。おりしも陽は東の空を染めながら雄壮な姿を現した。承参奉は芝の上に立ち目を上げて、四代の先祖を祀る墓所を囲む鬱蒼《うっそう》とした左青龍《チャチョンヨン》〈注11〉、右白虎《ウベゴ》〈注12〉をじっくり見渡した。そして、朝日を浴びてきらきら流れる鴨緑江を見下ろした。

どこから見てもすばらしい墓所ではないか？

——いったいどうしてこんなことになってしまったのか——などとは、少しも疑ってみようとはしなかった。ただ彼の心は、断髪によって父母から授かった身体を傷つけなければならないことを、ひたすら申し訳なく思う気持ちでいっぱいだった。死なずしては頭髪さえ守れない故に、死を選ぶ決意に満ちていた。

身体の一部に過ぎないまげを失うことと、身体全体を損なうことを相対的に比較して矛盾を感じるどころか、全身を揺さぶる感動に震えた。父母から受け継いだ身体を毀損《きそん》せざるを得ないとき、死ぬことによってそれを拒むという決意は、もしかすると韓国人の名誉意識と死生観を端的に表現しているのかもしれない。

傷つけられた挙句に死んでは、あの世でどのように先祖と対面できようか、という廉恥《れんち》精神がすなわちそれである。

肉体は父母から受け継いだものという儒教的な信念は、韓国人がもつ永生観からみて、ひとつの信仰として宗教化したのかもしれない。

難しく考えなくとも、息子が父の容貌に似るのを見れば、子供を残すことは間違いなく生命の連続であると感じることができる。体つきも似ているうえに、ふとしたしぐさや歩き方まで似ており、声さえそっくりであるとき、とりわけその感が強い。勿論これは細胞分裂といったような最も初歩的な生理学に属することであるが、はっきり認識できない死後の極楽や地獄などの輪廻《りんね》より、韓国人のそのような永生観のほうが、どの民族どの宗教より実証的な点ではるかに近代的で科学的であるかもしれない。

〈注11〉　東の山
〈注12〉　西の山

それゆえ、父母を敬愛しその意思に従い、父母より長く生きて子孫を残さなければならないという「孝道」が成り立ったようだ。

そんな儒教的孝道に風水学が結合する時、韓国人の死は西洋的な死とその意味や性格が変るのは当然である。

死んで霊魂だけが残るのではなく、肉体の基幹である骨を残すのである。墓を移葬する時、どれほど骨を大切に扱うかを見よ！　墓の近くには長くのびた根が髑髏《どくろ》を縛る恐れのあるアカシヤのような木は禁物で、骨の分解を早めるような土質は忌避《きひ》される。骨が黄色く艶を出すと、その土質は良いとされるのは風水学の常識である。

従って先祖の墓所に埋められて骨になることは、先祖が準備し、子孫が手入れした幽居で暮らすことを意味する。死んで墓所に埋められるということは、先祖のそばに行くことであって、無に帰すこととは異なる。

風水学と儒教的孝道を信じる韓国人にとっての死とは、子孫の側から先祖の側に足を移すことに過ぎない。そうして死者と生者は無理なく連結される。ゆえに死と身体の毀損とは完全に次元を異にすると考える。

承風憲も、そうした考えに少しも矛盾を感じることなく、子孫の側から先祖の側に踏み込もうとする岐路に立って、決断を実践に移す人が感じるある種の感慨に浸っていたと言おうか。そう考えると子供たちと決別する悲しみや断髪令に対する憤りは消えてしまった。

ひたすら恐縮するばかりであった。我知らず涙が流れ落ち、承風憲は狼狽した。すぐにこの瞬間、こんな風にうろたえてはいけないと気を引きしめた。

彼は先祖の墓前に行き、姿勢を正し、暫く胸を張って立っていたが、トゥルマギ〈注13〉の裾を左右に分けきちんと膝をついて座ると深く額づいた。

そして彼は声を張り上げて哭泣《こっきゅう》を始めた。

彼の朗々とした哭泣は一定の調子を保ったまま、谷間にこだまして長く尾を引き、悠々たる鴨緑江の川面を掠めていった。

哭泣はいつまでも続いた。気力が尽き果て、哭泣で疲れきってはいたが、承風憲は再び気を奮い立たせた。

哭泣を終えると、彼は暫く芝の上にうつ伏せになって草臥《くたび》れた身体を休めた。

〈注13〉 外套

草と土の匂いを嗅ぎながら、彼は自分が永遠に眠る地の気を吸収することによって最後の瞬間の意気を奮い立たせようとした。

しばらくして再び身体を起こし、髪と身なりを整えた承風憲は、もう一度深く頭を下げると大きく息をし、舌を右側にひねった瞬間一瞬にギリリと奥歯でそれを噛み切った。

衝撃的な痛みが脳天を突いたかと思うと、噛まれた舌は痛みにあらがうように内へと引き込まれ、「喉」にピタッと引っついて一瞬のうちに気管を塞いでしまった。

次の瞬間、彼の息は絶え、その身体は斜に倒れた。

少しゆがんで開いた彼の口からスーッと一筋の赤い血が流れて、開いたままの白目が、墓所の裏山の蒼黒い頂に向けられていた。

承参奉がこのようにして、この世を去った後、息子承風憲は墓所のそばに草屋を建て、そこで丸三年を過した。髪を整えず、身体も汚れたままで、ぼろをまとい、墓を守って三年、彼はほとんど生のままの食べ物で命をつないだ。

身体から油気が抜け落ち、幼子のようにふくよかだった頬と目は彫られたように削ぎ落とされ、伸びた髪と髭で覆われたその顔は、まるで幽鬼のように変貌していた。必死の思いで生きてきた強靭な意志が彼の瞳にきらめいていた。

彼が三年の喪をすませて、髪と身なりを整え、衣冠《いかん》に改めた時、三年前の稚気はすっかり消え、意志的で端正なソンビに相応しい落ち着いた風格になっていた。三年間の苦行が彼を決定づけ、四十歳になる前に、責任ある顔を持つようになったのである。

彼の澄みきった目を見て、ある人は、三年もの間見下ろし続けた鴨緑江の精気が宿ったのだと評した。

まさしく三年間見続けて、彼は鴨緑江の流れに取り憑かれてしまった。

といっても、彼がその間に、季節の移り変りとともに変化する鴨緑江の多彩な美しさを誰よりも心に焼きつけたというようなことではない。

鴨緑江の水の流れに対して、以前とは明らかに違う感情を持つようになったとでも言おうか。

目を閉じても鴨緑江はいつも彼の網膜に流れていた。あるいは、彼の心の中に流れていたと言おうか。いや、心の中ではなく、彼の心そのものが流れていた。彼の心は鴨緑江の水とともに淀みなく不断に流れた。ソンビにふさわしい端正な容貌と落ち着いた物腰の外見とは違い、彼の心はいつも流れた。鴨緑江の流れと彼の心の流れは同化していた。否、流れる彼の心が鴨緑江の流れそのものであった。鴨緑江は彼であり、彼がすなわち鴨緑江であった。

韓日合邦〈注14〉の悲報を聞いた時、彼も悲憤慷慨《ひふんこうがい》を禁じえなかったが、その亡国の極みにおいて、過激な行動をとることなく、平静に切り抜けたのは、鴨緑江とのその同化意識が強く作用したのかもしれない。

閔泳煥《ミン・ヨンファン》をはじめ、多くのソンビたちが自決した噂を耳にするたびに、彼は断髪令に抗して死んだ父を思った。

そんな時には墓所を訪れて、鴨緑江を見下しながら、深い憂いに浸ったりもした。

こんな時、父ならば疑う余地なく自決を選んだことであろう。

そう考えれば考えるほど父が偉大に感じられ、先覚者に思えた。

しかしおのれ自身も父の精神を範として、自決すべきかということに思いが及ぶと、さっと目の前をさえぎる黒い帳《とばり》がおりた。

それは、自分にはまだ後継ぎがいないからであった。

彼には二人の娘はいたが、息子はまだいなかった。墓を見るにつけ、意を決して、この先祖たちが眠る隙間に入りたいという誘惑を感じた。しかし自分が死んだ後、この墓所を守る子孫がいないことを考えると、目の前が真っ暗になった。

それが死ねないことに対する一種の言い訳ではないかと疑うには、彼の心はあまりにも澄みきっており、彼のソンビとしての思考はあまりにも直線的だった。

音もなく悠々と流れる鴨緑江の蒼い水を見下しながら、彼は悠久の古《いにしえ》と未来を思った。絶えることなく過ぎゆく歳月と共に、人はいかにして連綿と続くことができるのだろうか。

彼がそれを〈血筋〉と断定したとしたら、それはあまりにも当然の帰結ではなかったろうか。淀みなく悠々と流れる鴨緑江の水のように絶えることなく流れる血筋——

そのためにも跡継ぎがいないまま、自分は今死ねないという思いが、彼のこころの中で渦巻いた。

昼も夜も、晴れた日も嵐が吹く日も、酷寒に凍てつく氷の下でも流れる鴨緑江のように、はかり知れない遠い昔から受け継がれ、脈々と流れる承氏の血筋は絶えることなく続いて行かなければならない。

〈注14〉 日韓併合

そう考える時、彼には生き死には問題ではなかった。

いつか、どこからか流れて来て根をおろした遠い昔、先祖たちはこの地を承氏永劫の拠り所とした。光と闇があり、生と死、喜びと悲しみが織り成し、栄光と汚辱で染ったこの山河、この墓所が象徴する代々の先祖たちの弛《ゆる》みない思いは血筋を残すことにあった。

承風憲がその時殉死しなかった理由は、国の恩恵をほとんど受けたことがない西北人〈注15〉であるため、国家意識が希薄だったからであるという人がいる。しかし私はその見解に同調したくない。

昔も今も、国の恩恵の薄い階層こそが、ひとたび有事ともなれば、むしろ国のために多大なる忠誠を示したという多くの事例をそれでは説明できないからである。承風憲をあまりにも打算的だと見る意見ではないだろうか？　恩恵の有無だけで人は生死を決めるのではないのだから。いずれにせよ承風憲はその時死なずにそののち、三十年あまりの歳月を生きながらえ、一九四一年八月に世を去った。承風憲も、亡父と同じく自ら命を絶った。しかしその動機は似ているが状況は異なった。また、その自決の場所は同じであったが、やり方はまったく違った。

それに先立つ一年前、承風憲は創氏改名という厄介な峠を越えなければならなかった。

日本式の姓に変えることを強いられた時、承風憲の苦悩が極限に達したことは論ずるまでもない。

むろん当時、創氏改名に慌てたのは承風憲だけではなかった。三千里錦繡江山の津々浦々でおびただしい悲喜劇が繰り広げられたのである。

〈姓を変える犬畜生〉という巷の罵詈雑言をもって「犬子《いぬこ》」としたのをはじめ、かけ声の〈エヤラノアラ〉をもじって、江原野原と創氏改名した漫談家もいた。

炳夏《ピョンハ》という名前の医者は創氏を天乃《あまの》としたので、天乃炳夏を日本式の漢音で読めば〈てんのへいか〉すなわち天皇陛下となった。

そんな悪ふざけが人々の口から口へと伝わったあげく、警察に呼ばれて厳しい拷問を受けたという例まである。

軽薄な人々の中にはこれ幸いと、本姓名とはまったく関係のない純日本式に創氏改名した類も少なくなかった。当時、日本の首相を務めていた華族の近衛や軍事独裁者であった東條を名乗ったやからもいたが愚の骨頂としか言いようがない。

〈注15〉 黄海南北道・平安南北道、咸鏡南北道地方の人。

しかし、おおかたの人々は、なるべく元の姓に類似するか、本貫と関係のある姓にしようと苦心した。李《リ》氏が李家《りのいえ》とし、金《キム》氏が金田《かねだ》や金原《かねはら》とした類がそれである。日本人の多くは二文字の姓をもっていたから、もともと二文字姓である南宮《ナングム》、獨孤《ドッコ》、鮮于《ソヌ》のような姓の場合はそのまま維持し易かった。

そんな人たちの中には二文字姓のおかげで曖昧に切り抜けただけなのに、解放を迎えるや、さも日本帝国主義に抵抗して独立運動でもしたかのように威張るやからもいたが、はたして本当のところはどうであったのだろうか……。

いずれにせよ、そうした民族的規模の悲喜劇の中で、承風憲はどうすればよいかわからなかった。姓をかえれば、それこそ人間ではなく犬畜生になる「死んでどんな顔をしてご先祖さまに対面できようか」という、まさに絶体絶命の窮地に立たされた。

すでに六十歳を越えていた彼の白髪混じりの頭髪は、一夜の苦悩の果てに真っ白になってしまった。それほど根底から精神を揺さぶられる衝撃だった。

いまや老境に入った彼は、以前のように迅速に墓所に駆けつけることはできなかった。彼の気力は衰えていた。

何日か思い悩んだあげく、彼はひとつの知恵を得た。友人林《イム》氏の場合を見て、老いた彼の脳裏に稲妻のごとくひらめいた思いつきであった。林氏は林という字の日本式の音が〈はやし〉であるので、音だけ変えてそのまま林で申告したのである。

それからヒントを得た承風憲は、承の字の日本読みを探した。そこで親交のある若い教師に、日本姓らしく聞こえそうな承の字の日本式読みを探すように頼んだ。数日の後、若い教師は困った顔つきでやってきた。

ところが他の字と違って、承の字には、そのようなお誂え向きの日本式の音は見つからなかったというのである。

焦った彼は、それでも何とかならないかと懇請した。さらに数日が過ぎた後、教師は冴えない顔つきで承風憲を訪ねて来て、強いてつけたければ〈うけ〉というのはどうかと言った。

〈うけ〉だと⁉　まったく不自然で耳慣れない発音ではないか。

しかし、漢字の承の字さえ保つことができれば、どんな発音でもとやかく言う段階ではなかった。そういうわけで彼は「承《スン》を承《うけ》と創氏する」と申告した。

数日後、承風憲は警察に呼ばれた。若い日本人警官は、日本人にもよくある林氏や南氏とは違って、承の字を〈うけ〉と申告した本意は何であるかと問い質した。

彼は老いた頭を下げて、ただ「お許しください」と繰り返すだけであった。体面も何も考える余裕はなかった。承だけは残さなければという執念が彼の全身の血管をうねって流れた。そんな承風憲を呆れた目つきで見ていた日本人警官は、通訳の朝鮮人警官に対して「このじいさんしょうがないなぁ」と言って何度も舌打ちをすると、面倒臭そうに申告書を朝鮮人警官に投げつけて、席を離れてしまった。

同胞の警官の態度は少し違った。

彼はにっこり笑うと「じいさん、どうしてそんなに意地を張るのだい、初めからすっきりした日本人らしい姓に変えたらいいのに、〈うけ〉とはなんだい、〈うけ〉とは」と言いながらも、「意地を張っただけのことはあるよ、それじゃあ〈うけ〉さん、もう帰っていいよ」と言った。承風憲はあやつり人形のように若い同胞の警官に下げ続けていた頭を、その時になってやっと持ち上げて

「それでは承氏《スン》をそのまま受けてくださるのですか？」

と聞いた。

「いや、今からは〈うけ〉さんだよ」

「ですから承の字はそのまま残るのですか？」

「ああ、字？　それはそうだよ、とにかく今から〈うけ〉さんだよ」

承風憲は姿勢を正すと、膝まで頭を深々と下げ、若い警官にクンジョル〈注16〉をし、飛ぶように警察署を出て行った。

家に帰る彼の足取りは実に軽やかだった。

「今死んでもご先祖さまに顔向けができる！」

家に帰る前にまず先祖の墓を訪れた。そして芝にひれ伏すと長い間瞑目した。

彼は墓前で、まるで生きている人にでも話すように一部始終を報告した。それから身体を起すと鴨緑江を見渡せる方に向きを変えて、はるか眼下を流れる鴨緑江を満ち足りた眼差しで眺めた。

ところで承風憲は、その時はまだ、三年前から水豊ダムの工事現場で聞こえているハンマーとダイナマイトの音が、自分にとってどんなことを意味するのかを理解できずにいた。

水豊ダム工事によって、この付近の土地が収用されることは予測されていたので、散在

〈注16〉　両手を額にあてて膝をゆっくり折り曲げて座り、頭を深々と下げるもっとも丁寧なお辞儀。

する田畑を多少失うかもしれないという不安は感じてはいたが、まさか五代前の先祖から百年以上も暮らして来たこの土地が水没してしまうとは夢にも思わなかった。ダムの完成で墓所まで水に沈むなどということは、彼の想像をはるかに超えていた。

しかし噂や周囲の動向を見聞きするくらいのことはあったはずなのに、承風憲だけがまったく知らなかったというのはどういうわけだったのだろうか。

息子たちのせいであった。

承風憲は韓日合邦の後、続けて二人の息子をもうけた。

父に似て、二人とも従順な性格の息子であった。長男は父の意向に従い、国民学校を終えると家業を手伝い、次男は高等科を修了したが、それだけではものたりなかったのか、ソウルの土木技術講習所で測量技術を学び技師の資格を取得した。

その次男が技師として携わった最初の仕事が、偶然にもこの水豊ダム工事の測量であった。

最初、次男もダム工事によって自分たちの田畑家屋はおろか墓所まで水没するとはまったく知る由もなかった。

それを知った時、次男は〈苛酷な運命〉のいたずらに泣いた。彼はすぐ兄に会いに行った。そして大勢が決まった今となってはどうすることもできないが、さりとて自分が測量技師として工事に直接参加することはとてもできないので、せっかくの勤め口ではあるが辞めるしかないと言った。

ところが兄の反応は違った。兄はそうなるかもしれないということは前から予想されていたと言い、おまえが測量に参加しないからといってダム建設が中止になるとか、田畑や墓が水没を免れることはないのだから、何も言わず、測量技師としておまえが進むべき道を行けと言い聞かせた。

兄は落ち着いた様子でそう諭したが、その顔には、語りえない苦渋の色が浮かんでいた。弟には痛いほど兄の気持ちがわかった。

長男は当時の西北〈注17〉の一般的な風潮に従って、暫く教会に出入りしていた。しかし父に一喝されて一度断念はしたが、いまだに内緒で聖書をそばに置いている彼は、土地や墓所を父のように考えていなかった。

土地も墓所もいくらでも移せると考えていた。性格が従順で内向的な彼の心の中は、い

〈注17〉　黄海南北道・平安南北道と咸鏡南北道地方。

つのまにか、古いしきたりにこだわる父に対する批判が強くなっていた。世の中は移り変るものであり時代の変化はどうすることもできないという感覚が培われていた。

しかし彼もやはり父の子であった。最後の瞬間まで真相を父に隠そうと、弟はもちろんのこと家族や近所の人たちにも念入りに頼んだ。

しかし、いつかはわかる事であり、また知らせなければならない事であった。いつ？どのように？

そしてその時、予想される衝撃からどうすれば父を救うことができるか？

長男の顔は日増しに暗くなるばかりであった。

そんなある日、おそるおそる彼は、工事が終れば、環境は悪くなるし、人も多くなるに違いないから、もう少し静かで日当たりの良いところに墓を移してみたらどうかと父に移葬を勧めてみた。

案の定、承風憲は気色ばんだ。長男の顔を睨みつけて、

「おまえ、頭がおかしくなったのか？」

と叱りつけた。そして今度そのようなことを口にしたら今すぐにでも父子の縁を切ると怒鳴った。

そのあと、承風憲は寝込んでしまい、三日の間起き上がることができなかった。床に伏した父が夢うつつに耶蘇《やそ》への怨みごとをいうのを聞いた長男は、何度も深い溜息をつくと、工事現場にいる弟に会いに行った。そして計画では本当に墓所も水に沈むのか、なんとか墓だけでも水没を免れることはできないのかと哀願するように聞いた。

しかし弟は、悲しそうに首を横に振った。

絶望で表情を強ばらせた長男は、青ざめた顔で独り言のように呟いた。

「親父は自決するかもしれない」

一九四一年、水豊ダム完成を目前にして、これ以上隠すことができない段階に至り、長男が涙ながらに真相を知らせた時、意外にも父は泰然と受けとめたように見えた。狂乱することさえ予想していた長男は、かえって拍子抜けした。

しかし承風憲の泰然とした態度は見かけだけであった。

怒号もなく興奮の色も全く表さなかったが、彼は三日間ほとんど一口も食膳に手をつけなかった。

四日目になって彼は長男と食膳を共にすることを望んだ。

彼は終始黙々と何事もなかったかのように食べた。その日から日が経つにつれて承風憲が長男に、いつダムが完成するのかと聞く回数が増えていった。

承風憲は以前よりも一層骨身を惜しまず忙しく動き回った。

昼は畑でまだ実になる前のニンニクひと茎まで残らず刈り取り、夜は脇部屋で族譜をはじめ各種の古文書を取り出しては調べ物に没頭した。

ある日突然、長男に補償金と蓄えをそっくり取り出し、すぐに京畿道楊州《キョンギドヤンジュ》の両水里《ヤンスリ》に行って、この金で買えるだけの田畑を買えと命じた。

理由を尋ねる長男に、承風憲は漢文の一句を書き示して

「黄平両道　人影不見　両水之間　避難之処（黄海道と平安道で人影を見ることはなくなるだろうから両水の間が避難所としてよいだろう）」と朗誦するように詠んで聞かせた。

長男はのちに、その一句が『鄭鑑録』に載っていることを知った。

承風憲はその「両水之間」を京畿道楊州の地、両水里と断定したようだ。

十日余りのち、長男が両水里に新しい土地を買って戻ってくると、承風憲は三日も経たないうちに、妻と長男夫婦それに孫たち全員を息子に従わせて、家財道具もろとも両水里へ発たせた。そんなに慌てる必要はないと言う妻と息子の哀願も頑として聞こうとしな

かった。
慌しく最後の家財道具を荷車に積み終え、家を出発しようとした時、承風憲は長男に
「ここ数日の間で縁起の悪くない日は今日だけだ。さあ行け」
と言った。長男は驚いて
「お父さんは?」
と声を高めたが、承風憲は普段とかわりない表情で
「親しい友人にちょっと会って、あとからゆっくり行くつもりだ」
と静かに答えた。長男はもうそれ以上急き立てもせず、一緒に行こうと説得もしなかった。今となっては、もしやと思っていた一縷《いちる》の望みは消えてしまい、思っていたとおり父はここを離れず自決するに違いないと確信した。覚悟していたこととはいえ、この時に直面して息子の胸は張り裂けそうだった。胸にこみ上げてくる慟哭《どうこく》を辛うじて喉に抑えて堪えた。
氷のように冷厳な父の目が、息子の袂別《べいべつ》の涙を強く拒絶していた。
荷車が少しずつ遠ざかり、鴨緑江を見渡す最後の丘を越えるまで、こちらを向いたまま身じろぎもせず立っている父の姿を息子は鮮明に脳裏に焼きつけた。

数日のち、測量技師の次男が訪ねて来た。「父さんからは何の話もなく、兄さんからも京畿道の楊州へ移るという話は聞いていたけれど、何のことわりもなく、こんなに早く発つと思わなかった」と文句を言って帰って行った。彼は父も一緒に発ったものと思い込んでいた。

そのころ、承風憲は長男に言ったとおり、友人の家を訪ね歩いていた。

そうこうするうちに水豊ダムの堤防が最後の整備を終えて、完全に締められた次の日、忽然と彼は水豊ダムへ戻ってきたというのだが、その後彼の姿を見た者は一人もいない。

彼はどうなったのだろうか？

それを語る前に、水豊ダムに関する当時の新聞記事を紹介してみよう。

すでに『朝鮮』、『東亜』という二つの朝鮮語の新聞が強制廃刊された後のことであり、当然これは日本語新聞の自讃記事である。

――昭和十二年（一九三七年――作者注）日満両国の間で鴨緑・圓們両江の開発に関する覚書が外交文書として交され、同年九月、支那事変の最中にもかかわらず鮮満双方で、それぞれ資本金五千万ウォンの鴨緑江水力発電株式会社が設立された。鮮満一体不可分の共同事業として、間《はざま》・西松の両組が請負、直ちに着工された。それから四年、支那事変によるあらゆる悪条件に抗して科学日本は万人未到の技術的困難と戦い、官民一体の総力を傾けて、悠久千古の流れを征服し、近代産業の原動力である電気を作り出した。

その間投じられた資本一億五千万ウォン、動員された労働者は延人員約四千万人、今まで体験したことのない電気土木技術の苦労は数字で表すことはできない。

こうして水豊ダムは鮮満双方の長年に渡る期待のうちに着々とその偉容を整え、昭和十六年七月第一号発電機と第二号発電機を設置し、一方の堤防に最後の手を加えて完成。八月十八日から開始された第一号機の建造実験、各部分の調整、ベアリング点検、調速試験等が無事に終了、二十五日正午を期して満州国側に並列始発送電を開始した。こうして処女電気は最大級の送電線によって鞍山《あんさん》に送られた。一方第二号機は二十九日水豊、平壌の変電所試験を終えたあと、三十日朝鮮側に送電された。

この様な世紀の驚異ともいえる大事業が事変中に完成されたことによって、偉大な日本の経済的余力を世界に誇示したことは、蒋政権への打撃となることは勿論、世界の指導者としての日本の実力を示すものであり、その意義はきわめて大きい。鮮満両当局の理解ある監督・指導はもとより、あらゆる犠牲を惜しむことなく世界の科学史に一大金字塔を構築した建設の偉人、野口氏以下関係者の命がけの精神力と技術に対して賛嘆の念を禁じ得ない——。

承風憲の長男が、工事を終えて両水里を訪ねて来た弟と共に水豊へ戻って来たのは、その年の九月も末の初秋の涼気が立ちはじめたある日のことであった。兄弟はダムを見に来たのではなく、自分たちの故郷である水豊を訪ねて来たのだ。

二人は鴨緑江を堰き止めたダムの土手を避けて、少しさかのぼって行った。そして今は貯水によって低くなった山頂を訪れた。そこから兄弟は湖水となった貯水池を見下ろした。昔の面影が残っているはずもなかった。見上げるようにしていた近隣の山々も今では見渡せて、その印象はまったく違った。

生まれた家、跳びまわって遊んだ野原、メダカをすくった小川や競って渡った飛び石、蝉がとまっていた木々、よじ登った栗の林、それらが見えるはずもなかった。一緒に歌い、ふざけあったわんぱく坊主、優しかった近所の人たち、賢明だった老人たちは何処へ散ってしまったのだろうか……。夢中になって遊び回っているうちにいつの間にか薄暗くなり、急に心細くなって見下ろすと、煙突から立ち昇っていた煙は、ほっと安堵させてくれる合図だったのに……。

ああそして、墓所は？　深い感慨に浸った二人は、長い間そこに立ちつくし、湖水となった鴨緑江をただ呆然と眺めていた。兄が泣くと弟も泣いた。彼らはその山頂がすっかり暗闇に包まれるまで名残惜しそうにその場所を離れなかった。

その後長男は、父の友人だった老人を順に訪ねてまわり、ダムに水が溜まり始めた日、忽然と水豊へ戻ってきた父のその後を聞き出そうとした。

しかし酒に酔って西道《ソド》〈注18〉の愁人歌〈注19〉を歌い、声を殺して泣いたという同じような話のほかに、父が十個の銅の指輪を用意したということ、その十個の指輪を十本の指にはめて指を組み大きな溜息をついていたという話だけであった。

だが、ただそれだけで長男は、息子でなくては推理することができないひとつの結論を下した。

父は水豊へ戻ると、その足で墓所を訪ねた。死のうとして戻って来たのである。父はこれ以上生き続けることができなかった。そして死に場所はこの場所以外にないと思った。

しかし、父は死んだ後のことが心配になった。自分の死体を収めてくれる人がいない限

〈注18〉　黄海南北道と平安南北道。
〈注19〉　平安道の民謡のひとつ。

り、堤防から鴨緑江の水が溢れたら死体は墓所を離れて水の上に浮かぶのは明らかだったからだ。

それで父は、十個の銅の指輪を用意したのではないだろうか。父は長いあいだ哭した後、十本の指にその十個の指輪をはめたのではないだろうか？

それから亡父の墓碑をしっかり抱きかかえて、両手の指を組んだのではないだろうか。しだいに迫ってくる鴨緑江の水が墓を浸し始めると、彼は片方に舌を回して「天を貫く恨《ハン》」をひたすら奥歯に集めてギリッとそれを――。

私の故郷は水豊から少し南にあたる定州《チョンジュ》である。水豊ダムが完成した直後、ちょうど夏休みで家に帰っていた。そののち父から承風憲という人が、家族や隣人たちが引き止めるのを振り切って、水に浸かり始めた墓所に向かって走って行き死んだという話を聞いた。どういうわけか彼の死体は水面に浮かばなかったという。

風水学にかなり造詣が深い父は、承風憲の父も断髪令に対してあんな風に死ななくてもよかったのに性急に自決したことや、ついには水没したことからみると、鴨緑江流域一帯で明堂〈注20〉中の明堂として知れわたった承氏の墓所であるが、風水師たちの判断間違いだったに違いないと言った。

ところで近ごろ、私はこんな夢をみる。

長い長い歳月が流れて、いつの日か、科学の発達が水力発電さえ必要としなくなり、淀みない江流の原始的姿を人間が取り戻そうとする時、水豊ダムは鴨緑江から撤去されるに違いないと。

その時に人々はどんな話をするだろうか。その偉大であった日本の経済力と技術か？　その巨大な発電量か？　それを完成させた責任者の卓越した統率力か？

とんでもない！　私は断言する。

いつの日か、もしそんな日が来たならば、人々は承風憲の話の他には鴨緑江にまつわるどんな話にもまったく興味を覚えないだろうということを……！

その純粋性、その愚かさ、その執念、その決断！　鴨緑江の水が引いて露出した承氏の墓所に人々はひょっとすると小さな記念碑を建ててひとつの聖域とするかもしれない。

（訳　裴洋子・李民子）

〈注20〉　風水学で非常に良いとされている墓地や家の敷地。

あとがき

私たちが、鮮于煇作品に初めて接したのは、「猪飼野朝鮮・韓国塾」（現在の「ハングル塾つるはし」）で塚本勲先生の講読授業を受けた七年ほど前のことです。初めて授業で読んだ作品は、「馬徳昌大人」でした。作品を読み終る頃、受講生の中から、これを翻訳し後続の受講者に参考として供しようと声があがり、数名の賛同を得たものの、具体化には至りませんでした。しかし、授業で引き続き鮮于煇作品を講読する内に、やはり実現させようと決意を新たにし、五年ほど前に授業と平行して勉強会を始めました。当初メンバーは十一名でしたが、翻訳作品の担当を具体化する頃には現在の七名に固定していました。翻訳作業の当初は、コピー刷りで簡易製本でもできれば充分、単行本にまでとは考えていませんでした。ところが三年前、塚本先生から単行本として発行してはどうかとのお勧めがあり、白帝社を紹介していただきました。こうして私たちの拙い翻訳が、単行本として日の目を見るに至ったわけです。

鮮于煇さんの作品の多くは、時代と政治に翻弄されながらも、韓民族としての誇りを失わず誠実に生きた人々を題材としています。氏は、一九二二年平安道（現在、朝鮮民主主義人民共和国内）定州で生まれ、京城師範学校卒業後、新聞記者などを経て文壇に登場します。朝鮮日報社の論説委員主筆時には、朴軍事政権による金大中（前韓国大統領）拉致事件を、韓国言論界で初めて取り上げた剛毅な人物です。当時の韓国は、民主化闘争が激しく繰り広げられ、それゆえ政府の言論統制も厳しい時代でした。彼は、周りに累を及ぼさないために、校閲に原稿を回さず自ら校正し、最終版で社説を差し替えたと言われています。

鮮于煇氏の剛毅な性格は、その作品にも表れ、力強く男性的な筆致を特徴としています。ジャーナリストとしての経歴からか、過剰な感情移入を抑えて、事実に即して人々を描きます。日本の植民地支配を声高に糾弾するのではなく、同胞の否定的側面をも含めて客観的に人物を描写しようとします。しかし、決して人物を冷淡に突き放すのではなく、暖かく人間味あふれる眼差しが感じられます。

氏は、「鬼神」（一九五五）で文壇に登場し、この本にも収録した「火花」で第二回東仁文学賞（毎年、韓国内の主要雑誌に発表された短編小説を対象にした文学賞）を受賞し、作家としての地位を不動のものにします。ここに収めた作品はいずれも、日本の植民地支配時から光復（日帝支配からの解放）、そして朝鮮戦争に至る過酷な時代を、政治に翻弄されながらも誠実に生きた人々の話です。

鮮于煇作品を翻訳して、私たちは、二度と作品で描かれたような悲劇を生じさせてはいけない。日本が再び他国を侵略し、人々に被害を加えてはならないと思いました。しかし今、日本は大きく右旋回し、国内外の状況はきな臭さを放っています。アメリカのイラク侵略に日本は加担し、自衛隊を派遣しましたが、イラク国民から見れば、自衛隊も侵略軍に他ならないのではないでしょうか。「国際貢献」力説の裏に、なぜか戦前の「大東亜共栄圏の建設」を連想します。今こそ日本国憲法が定めた恒久平和の希求、戦争放棄の精神を人類の宝として守り、武力による国際秩序の維持、いな武力による他国の支配を拒否し、戦争のない世界、平和な世界をつくる努力が必要とされています。日本が武力により他国の人々に災いをもたらさないよう努力することが、この国に生きる私たちに課せられた責務ではないだろうかと思います。

最後になりますが、私たちの翻訳文が単行本として結実するのにご援助をいただき、翻訳においてもご指導いただいた塚本先生に、心からお礼を申し上げます。また、校正において大変なご苦労をおかけした白帝社の深瀬さんに、深く感謝の意をささげます。

（訳者一同）

著者紹介

鮮于煇（ソヌ フィ）

1922年平安道定州生まれ。京城師範学校卒業後、新聞記者などを経て作家となる。1957年本書収録作「火花」により東仁賞受賞。他に「鬼神」「旗のない旗手」など著作多数。1986年逝去。

訳者紹介

猪飼野で鮮于煇作品を読む会

小澤正三・海部和子・玄善允・塩川慶子・裴洋子・森本由紀子・李民子（50音順）

火花《ひばな》 鮮于煇翻訳集《ソヌフィほんやくしゅう》

2004年6月30日　初版発行

著　者　鮮 于 煇

発行者　佐藤康夫

発行所　白 帝 社

〒171-0014　東京都豊島区池袋2-65-1

電話　03-3986-3271

FAX　03-3986-3272(営)/03-3986-8892(編)

http://www.hakuteisha.co.jp/

組版　柳葉コーポレーション　印刷　倉敷印刷　製本　若林製本所

Printed in Japan　ISBN4-89174-644-0